劫後餘吟

蘇玉如・撰

同文書庫・厦門文獻系列 第五輯 伍

厦门大学出版社
XIAMEN UNIVERSITY PRESS
国家一级出版社
全国百佳图书出版单位

图书在版编目（CIP）数据

劫后余吟 / 苏玉如撰. -- 厦门 ：厦门大学出版社，2022.12

（同文书库. 厦门文献系列. 第五辑）

ISBN 978-7-5615-8784-3

Ⅰ. ①劫… Ⅱ. ①苏… Ⅲ. ①诗集—中国—现代 Ⅳ. ①I226

中国版本图书馆CIP数据核字(2022)第189655号

出 版 人　郑文礼
责任编辑　薛鹏志　章木良
封面设计　李嘉彬
技术编辑　朱　楷

出版发行　厦门大学出版社
社　　址　厦门市软件园二期望海路 39 号
邮政编码　361008
总　　机　0592-2181111　0592-2181406(传真)
营销中心　0592-2184458　0592-2181365
网　　址　http://www.xmupress.com
邮　　箱　xmup@xmupress.com
印　　刷　厦门集大印刷有限公司

开本　787 mm×1 092 mm　1/16
印张　26.5
插页　3
字数　380 千字
版次　2022 年 12 月第 1 版
印次　2022 年 12 月第 1 次印刷
定价　310.00 元

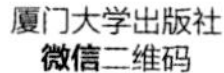

厦门大学出版社
微信二维码

厦门大学出版社
微博二维码

目錄

前言

《劫後餘吟》係未刊詩集稿本，署款『栖雲氏手稿』。作者蘇玉如（一八八一—一九五五），字稀，福建惠安人。早年曾在華封（今華安）縣為官。後入鷺島為律師，寓居厦門二十餘年。一九三八年日寇佔領厦門，遂避難返鄉，歸隱惠安後溙故里。

詩集共四冊。作者勤於作詩，然歷年詩稿於厦門淪陷後盡失，後收拾寓厦殘稿編為一冊，另三冊為避難返鄉後所作。存本為作者手抄稿，每頁抄錄一至三首，多為二首，共四百餘頁，分冊裝訂，各冊題名頁有大寫數字標識。書法甚佳。稿本為厦門收藏家紫日先生收藏。現由收藏者提供影印，編入『同文書庫·厦門文獻系列』第五輯付梓刊行。

一

關於蘇玉如生平，目前僅見蘇清發撰《詩人蘇玉如》一文（載《惠安文史資料》第十六輯，二〇〇二年）介紹，未見其他記載。該文作者係蘇玉如的同村人，曾主持續編《蘆山蘇氏惠安後溙頂厝刊族譜》，年少時見過詩人，後又着意尋訪其遺踪，搜集其遺稿。該文介紹道：

蘇玉如字稀，福建省惠安縣張阪鎮後滐村溪園窟人，生於清光緒七年辛巳（公元一八八一年），卒於共和國初乙未（公元一九五五年）正月初七日，享年七十五齡，是民國閩南一大詩人。蘇玉如自幼天資聰穎，讀遍四書五經，滿腹經綸。後為上海吳淞商船學校校長薩鎮冰賞識，舉薦任華封（今華安）縣縣令。休官後入鷺島為律師。一九三七年（按：應為一九三八年）廈門失陷於日寇，遂歸隱後滐故里。……這位詩人歸隱後，窮愁潦倒，以詩酒自娛，銷磨歲月，生活十分淒清，死後同草木齊朽，人歿名也沒。

上述蘇玉如履歷簡單明瞭。我未查到其『任華封（今華安）縣縣令』的相關資料。華封在民國元年（一九一二年）成為龍溪縣分縣，設縣佐（不是縣令），一九二八年於此置華安縣；而薩鎮冰任吳淞商船學校校長則在一九一二至一九一五年。若按上文介紹推論，蘇玉如華封上任當在此時。詩集第二冊有《辜盟兄淑如上舍歷年渡臺過廈，均向余索詩贈行，本年值余將就任華安，因寫此二絕戲之》一題，第一首句云：『君客鯤江我廈門，年年在此一逢君。』蘇氏盟兄辜淑如於一九一九年初應林菽莊之邀而赴臺執教，所謂『歷年渡臺過廈』始於其時。故詩題所言『余將就任華安』，當在二十世紀二十年代後，且詩人已寓居廈門多年，是從廈門去華安上任的。顯然，這是詩人的另一次華安任職經歷，官職不詳。詩集第一冊附錄林翰周奉和作者《六十生日感言四首》詩，有句：『幾時執政才方用，廿載歸田穀有秋。』『政績堪留循吏傳，壽筵正值菊花天。』可見，詩人為官執政，是留下政績的。

從詩稿可知，作者寓居廈門長達二十餘年，是廈門淪陷時避難返鄉的。而在廈職業、履歷和社會活動，除了上文所言『休官後入鷺島為律師』外，亦無其他史料可尋。詩集第一冊附錄李懷釗奉和作者《六十生日感言四首》詩，有句：『研精法學露風頭，獨佔眉山第一流。』『民權扶翊資刀筆，鄰舋調和見智謀。』可見，詩人確是研究法學、從事法律工作的。至於詩人『歸隱後潦故里』後的情形和經歷，在他留下的這部詩稿中已有了充分的表現和真實的反映。值得一說的是，因生活所逼，他在此期間曾到漳州求職，離家旅薌一年多。抗戰勝利後，他也曾計畫返廈和到臺灣謀生，然均未果，最後終老故里。

《詩人蘇玉如》一文還記述了一些關於蘇玉如的見聞，有虛有實。其中云：『聽他說他早年入臺灣，參加詩賽，以「雨傘」為題，獨佔魁首。』這一傳說可能不實。他在抗戰勝利後有臺灣之行，從收錄於詩集第四冊的遊臺詩可以看出，他乃是第一次到臺灣。又云：『一日我在村上小學見他怨歎之下，舉一禿筆於壁上題寫一詩，我其時年少不懂事，忘其全詩，唯記「可憐死後識方千」一句。』詩集中未見此句，當是蘇氏佚詩。

該文作者着意於收集詩人流落於民間的佚稿，並於二十世紀八十年代從其已故堂叔、詩人蘇應坤遺物中覓得一冊蘇玉如詩抄稿。文中回憶道：『一次我於這堂叔遺留的故紙堆中偶然翻出一本手抄詩稿，雖封面不存，但其中有《哭鶯娘》一詩，我早聞鶯娘是玉如第二妻黃鶯，為廈門人，斷定此稿是玉如先生詩稿。計之，七絕四十六首，七律十八首，五絕四首，五古一首。我如獲珠寶，急重抄一份，並加注釋，妥為珍藏。從詩中可見其詩才清高，其人品不俗。《六一壽辰》一詩曰：「年年此日鬧生庚，六甲才周歲又更。得與黃花同入世，前身合是陶淵明。」』

文章作者尋獲的手抄蘇玉如詩稿一冊很有文獻價值，惜未得一見。從上引介紹可知，其中有《哭鶯娘》一詩，此題與詩集第三冊《壬午三月一日到亡室李恭人鶯娘墳，觸緒悲生，賦感八絕》同一內容，也可能是其中一首。文章稱『我早聞鶯娘是玉如第二妻』，而詩集第二冊有《贈次室李鶯娘》一詩，可為互證（按：鶯娘姓李，文中稱為『黃鶯』，誤）。該文所引《六一壽辰》一詩，則見於詩集第一冊，係《轉瞬秋風，又是六一壽辰，因續吟四絕，藉以自遺》四首的第一首。稿本《劫後餘吟》署款『栖雲氏手稿』，無作者姓名，但從其中哀悼和題贈『鶯娘』的內容和『六一壽辰』之作，可知其與蘇清發尋獲的手抄詩稿出自同一作者，均為蘇玉如之詩稿。

二

《劫後餘吟》詩稿共四冊，現分述如下。

第一冊為作者歸隱故里的前三年之作，起始於一九三八年五月厦門淪陷後詩人避難返鄉，止於一九四一年秋，最後一題為作者六十一歲壽辰所作自遣絕句四首。收錄詩作七十題一百二十餘首，另附錄四位詩友和詩十六首。

一九三七年七七事變後，日寇加緊全面侵華戰爭，並於一九三八年五月十日登陸厦門，屠殺村民，隨即厦門全島淪陷。在此前後，厦門市民大量逃難，至淪陷時，住民已從原有約十八萬人驟降至一點三萬人。蘇玉如親身經歷了國破家亡、流離失所的劫難，而他對劫難的深切感受和愛國禦侮的民族感情，在返鄉後的詩作中有了突出的體現。七律《國難》寫道：

> 國難當前少舉杯，河山破碎未成灰。枕戈我欲聞雞起，杖劍人爭殺賊來。民怨定知天亦怒，心堅豈有敵難摧。果能團結精誠在，勝利何愁挽不回。

此詩作於返鄉不久，用語直白，而愛國情感十分强烈。其他如《日寇未除營生無路，寫此感慨》云：『國仇延未報，荏苒已三春。逐日心空切，何時志得伸。……』這類直接抒寫抗日志向之詩並不多作，然而禦侮情緒卻貫穿於諸多詩作之中，成為蘇氏這部詩稿的一條主線。

『歸來我是劫餘身』（《哭老友鄭少川先生二絕》第二首）。作者青年時即離鄉旅外，先後就學、為宦，後長期寓居厦門。此次去職返鄉賦閑，卻是在家國危難之時，倉皇逃難，就連積累多年的詩稿也盡丟失。所以，對於這次逃難歸里，詩人情緒頗為低落、傷感。而返里鄉居，又可以説處於新的環境，開始新的生活，因而也有着新的感受。其詩作也展現了這新的一面。『自從鷺嶼買歸船，蟄處家園一角天。……歲暮閑居原是福，行沽只少杖頭錢。』（《家居有感》第一首）這一階段的詩作主要反映重返家鄉後的鄉村家居生活，多寫家事、鄉情、日常生活瑣事，注重抒發親情、友情，也有鄉村生活的即景即興，如《暮春郊行即景》《見禾熟有感》等，但國難之時，多為傷懷之作。如《家貧國難生計無着，感賦二律》第一首：『國難深深歲又週，田禾十分只三收。一家辛苦飢難聚，八口倍添喜轉愁。』鄉居生活也必然打上時代印記。

這一階段的詩作以哀悼詩最多，如哭次女、哭殤兒、哭堂弟、哭宗侄、哭老友等，多達四十三首，占總數的三分之一强。其中哭次女（含續哭共十六首）和哭殤兒（四首），寫得極為深情、沉痛。據題注，其次女二十三歲時在婆家自殺，『余時在省未回，不獲最後一面』。可見，作者返里之前其次女即已去世，而作詩哭女，當屬觸景生情，情傷未已。作者多女，晚年方得子，而幼子殤時年僅五歲。《哭殤兒啟明四絕》第一首云：『老樹重花未幾時，旋因風雨殞新枝。可憐一段傷心史，獨寫衰年哭幼兒。』詩人又經歷了老年喪子的人生大悲哀。

一九四〇年秋值詩人六十生辰，曾作七律組詩《六十生日感言四首》，感歎生平與年華。其第四首追憶寓居厦門時的一種生活情景：

記曾鷺嶼隱江邊，稼得人間無稅田。興到一樽斟夜月，閑來七品試新泉。東山絲竹深宵夢，北里笙歌薄暮天。自笑風情今未減，又將樂事説當年。

曾經的優雅生活已隨風而逝，成為個人的記憶。作者風情猶存，然而時勢已去。此册收録作者的這組自壽詩，並附族弟碧津、白山和詩友林翰周（同旅鷺島）、李懷釗（邑之詩人）四人和詩各四首。四位和詩者均為作者歸里後的吟友，寂寂無詩名，然筆法圓熟，洵是作手。其中蘇白山與他最為親近，曾任漳郡《福建新報》主筆，後就海澄中校教職，抗戰勝利後去臺灣，二十世紀五十年代初逝世。詩集中寄懷和酬贈蘇白山的詩達四十多首。這組六十生辰唱和詩作，或多或少言及蘇玉如事蹟，為瞭解詩人生平事業提供了若干綫索。

第二册為囊中舊稿輯録。第八題《客邸清明二律》題下自注：『以下囊稿，補録絕律計百〇三。』這百餘首囊中詩稿，從詩題、内容和詩句可知，係作者寓居厦門（或更早）時舊作。前面七題十七首，亦當作於旅厦之時。除幾首時間特徵不明顯的詠物詩外，其他如七絕《鷺江舟次作》，顯然是昔時往返鷺島時之作。《和杜盟兄印陶（唐）六十感言原韻四律》，當作於一九三六年杜氏六十生辰之時。《和黄秀鳳女士閨怨元韻五絕》有題注：『此詩余未有存稿，唯白山弟集中，載是余所作，故録存之。』可見，也是舊作輯佚。作者逃難返鄉時，曾有《厦門淪陷詩稿無存，因作二絕哭之》之作，這些囊中舊稿和輯佚篇什，可謂劫餘剩稿，殊為難得。

流寓厦門時期的這些剩稿，多為抒情之作，多寫離懷客感、親情鄉愁，亦多感慨素志未展，且詞意絕佳。如《客邸清明二律》第一首：

廿年作客此勾留，佳節逢來易惹愁。欲寄家書無傳雁，久違母教愧雛鷗。心依海峽初升月，夢繞家山一角樓。遥想故園今夜宴，有人念我鷺江洲。

再如《秋感二絕》第二首：『消盡光陰牘此身，形容如舊鬢華新。閑來怕檢芙蓉劍，我是恩仇未報人。』盡是臥薪嘗膽，然夙願未酬而年華已逝，剩有悲傷。五絕《詠筆》云：『一管龍鬚筆，能翻墨海濤。可憐今少用，只合寫離騷。』藉物抒懷，慨歎懷才不遇。

寓厦剩稿中有數十首與友人唱和贈酬之作。民國時期厦門詩界活躍，詩社也有多個，但未見蘇玉如參與詩社活動，進入厦門主流詩壇或與詩界名家交往。與他酬唱的詩人，最值得關注的是他稱為『盟兄』的三人：張梅亭、辜捷恩（淑如）、杜印陶（唐）。張梅亭，生平不詳，也未查到他的相關資料，蘇氏有《和張梅亭盟兄送別元韻》《寄懷張梅亭盟兄》等詩。而辜捷恩（淑如）和杜印陶（唐）二位則是閩南文化名人。

辜捷恩（一八七六—一九四二），名淑如，又作菽廬，字捷恩，惠安東嶺人。清末廪生。清末民初到厦門新垵等地設帳執教。一九一九年春，應林爾嘉之邀赴臺到板橋林家任教。一九二一年受臺灣辜顯榮之邀，到鹿港辜家任家庭教師，直至去世，是辜顯榮之子辜振甫的啟蒙老師。居臺期間與林獻堂、莊貽華、蘇鏡潭等著名詩家唱和，是臺灣知名詩人和書法家。

蘇玉如詩稿中與辜氏酬贈唱和者甚多。本冊《步辜盟兄淑如六十自訟元韻四律》第二首云：『廿年海外館宗親，位處西賓第一人。』揭示了辜氏在渡臺士人中的地位。第三冊《擬寄辜淑如盟兄》一詩作於抗戰期間，後半首云：『河山破處腸空斷，骨肉思來眼欲紅。家國傷心知獨最，回帆為汝祝仙風。』表達了共同的民族感情。辜氏逝世後，蘇氏作《輓盟兄辜捷恩淑如上舍十二絕》，詩如：『師門憶昔締蘭芬，肝膽交真羡使君。一向深情還愛我，每談心事到宵分。』『遊魂縹緲寄天涯，臺上望鄉定憶家。盃酒遠墳澆不到，淚痕空自灑桃花。』回憶平生交誼，情感真摯，此組絕句極為深切沉痛。

杜唐（一八七七—一九四三），本名堯，字印陶，別號式祁，惠安螺陽人。清末俊士。早年在家鄉創辦守欽學校，一九二五年後受聘為廈門鼓浪嶼英華中學和維正女子師範國文教師，一九三一年創設惠安私立螺陽圖書館，後任惠安縣立圖書館館長。著有《惠安古跡新詠》（詩集）及《惠安鄉土誌》《惠安明代禦倭史》等，是閩南知名詩人和文史大家。

蘇玉如有《和杜盟兄印陶（唐）六十感言原韻四律》，杜氏去世後又作《輓盟兄杜唐印陶俊士八絕》，收入詩稿第三冊。詩除回憶交誼外，也述及杜氏生平事蹟，有些內容且具有史料價值。例如，關於杜唐的出生年，學界有兩種不同說法，一為一八七〇年（此為主流觀點），一為一八七七年。蘇氏和詩第二首自謂『遲生四載輸成玉』；輓詩則謂『行年六七非長壽』，第三首夾注又云：『君長余四歲，同月日生，又同隸王師門下。』依此可證，杜唐的出生年應為一八七七年。

此冊尚有二十多首作者遊歷菲律賓馬尼拉（岷里拉）之作。其中多首為限韻詩，詩題有《古塚》《美人行》《手錶》《電燈》等，當是在菲與詩友雅聚吟唱，或是參與當地詩社社課活動之作，可為菲華詩詞活動增添史料。

第三冊之詩稿，寫作時間緊接第一冊，即於一九四一年秋作者六十一壽辰後起始，止於抗戰勝利後的第二年，即一九四六年初。此期間作者主要仍閑居家鄉，但在抗戰勝利前夕又到漳州謀職，時間不長，卻輾轉兩地，且跨越了抗戰結束前後。因此，作者在這一階段的詩作，內容和情感都更為複雜多彩。

此冊的基本内容與第一冊大致相同，主要表現鄉居生活，多寫親情和鄉誼，且哀悼詩亦多。此期間，作者之妻、女婿、侄兒等親屬，以及㚖捷恩、杜印陶兩位交誼深厚的盟兄相繼去世，蘇氏都寫下深情沉痛的哀悼詩。而隨着作者還鄉後詩詞交流及詩人交往的日漸增多，唱和詩、酬贈詩（尤其是賀喜詩）也增多。與此同時，詩人在鄉居中也密切關注全國抗戰局勢，詩多表現愛國禦侮的家國情懷。如《擬贈張静山四絶》句：『河山破碎歎中華，國脈垂危那有家。』《代贈青年從軍》句：『倭酋無端起禍胎，復仇雪恥仗君才。』此外，《吟和石有紀縣長與杜式祁君酬唱元韻二律》《輓盟兄㚖捷恩淑如上舍十二絶》《輓盟兄杜唐印陶俊士八絶》等詩，則多本事可考。

蘇玉如去職歸里後，多年賦閑，一家八口且有幼子，生活無着，貧困日深。這種生活狀況在他的詩中也有直接的描寫和反映，甚為淒慘。如作於一九四二年的《三月二日，積雨未晴，炊煙偶斷，抑鬱無聊，感賦四絶》，前三首云：

一

領得人間澈底貧，祇餘范甑又生塵。絶糧應是儒家例，尼父當年嘗在陳。

二

太息黔婁命不祥，頻年八口累棲皇。而今欲想安身計，無計能安此飯囊。

三

辟穀曾思學子房，憑誰檢得舊仙方。可憐六歲嬌癡女，只説早餐午未嘗。

爲飢寒貧困的生活狀況所逼，蘇玉如在閑居多年後，不得不以六十多歲的垂老之軀外出謀生養家，經人推薦，到漳州求職。居薌一年多時間，旅途不遠，卻飽受漂泊之勞及與親人的生離死別，又經歷了抗日戰爭的勝利，留下八十多首詩。《薌江旅次感吟四絕》第二首云：『風塵卅載惓征鞍，何事重歌行路難。為念年荒無活計，怕從菽水起波瀾。』《感推薦，上吳興陳留青四絕》第四首云：『我本鷺江劫後身，衰年尚未了風塵。而今無限傷飄泊，知己如君有幾人。』《鄉思兩絕》第一首云：『遠望歸途疊疊山，身居異地類孤鵬。如何一片鄉關月，也伴離人到此間。』詩中充滿了老來為生活奔波的困苦和獨客異地的鄉思。其他如《客中除夕四絕》《遠道初歸，家無粒穀，自愁苦困，寄慨四絕》《客途思念兒女二絕》《民卅四年十月還家，十一月再到漳州，除夕作廿八四絕句》等，亦多如此。

此冊最後幾首作於抗戰勝利後。《勝利夜感吟二絕》第一首云：『一電遙傳勝利來，全民聞報笑顏開。』與全體中華兒女一樣，作者對民族救亡取得最後的勝利感到感到無比喜悅，歡欣鼓舞。同時，作者也滿懷時來運轉的美好願望。《遊春八絕（將春花夾寫）寫意》第二首云：『野花和露點胭脂，春色林間見幾枝。我運若隨春令轉，與花同麗不嫌遲。』接着，詩人便重返故地，籌畫新的生活。《勝利後到廈口吟四絕》寫道：

一

舟到鷺江喜欲狂，繁華依舊屬春風。民稠元氣應無損，撫育但須半載功。

二

別卻鴻山瞬八年，而今重履虎溪煙。過江人士多於鯽，半為功名半為錢。

三

行李親攜返故林，門庭如舊物傷心。琴書羅綺黃金飾，走入盜窩沒處尋。

四

掃室淨窗去積塵，琴床書几購重新。有錢件件都容易，難買當時共難人（楊氏妻已死一年）。

此組詩的前二首表達了逃難近八年後重返鷺島的喜悦心情，以及所見所感，是戰後厦門境況的真實寫照。後二首寫返回厦門舊居的情形。門庭依舊，場景已換，物是人非，詩中充滿了滄桑之慨。

第四冊詩稿起始於抗戰勝利後的第二年，即一九四六年。這時，作者尚在外謀生，客居漳州未歸。最後一題為《癸巳九月廿五日樓頭看菊四絕》，作於一九五三年。在此期間，作者曾數次返厦，又有一次臺灣之旅，可以説往還於漳州、厦門、臺灣和惠安故里數地。

抗戰的勝利給國人帶來了新的景象、新的希望。然而，蘇氏在避難近八年中失去的已經不復再現。『卌載風塵憐我老，三餐菽水待誰施。』（《獨夜感吟兩律》第一首句）相隨相伴數十年的妻子楊韻清已去世，而他也已六十多歲，自感衰老而傷悲。其《傷老》云：『甚矣吾衰也，風前一盞燈。觀書忘記憶，任事失聰明。素少經天略，空餘愛國誠。自慚功未立，敢望死留名。』民族救亡的勝利未能給蘇氏帶來個人生活的改善，他依然陷在貧窮和為生活奔波的境況中。《歲暮飢驅口占》等詩直接反映了這一狀況。可以説，這一冊詩作的基調仍然是貧困和飢驅，當然，也反映了抗戰後的一些新的境況。

正是因為生活所迫，為了尋找更好的謀生機緣，蘇玉如在臺灣光復不久，便隨時流整裝赴臺。當時，臺灣光復後正面臨繁重的重建工作，大量閩人入臺援助，意氣風發。其中也包括與他交往甚密、唱和甚多的族弟蘇白山。蘇氏與這些人不同，他赴臺只是為了謀生，所以充滿背井離鄉、垂老漂泊的無奈。『為着飢寒兒女計，幾回嗟歎又登車。』

其臨行時所作《欲理行裝四絶》第四首寫道：

屈指光陰過六旬，有誰菽水慰晨昏。臨行一把離鄉淚，灑落征衫尚血痕。

而更令人無奈的是，其此行並未在臺灣找到合適的謀生職業。蘇氏於十月上旬渡臺，在臺灣遊蕩了半年多，即於第二年五六月間荔枝初熟之時返里。離臺前，他作《歸期在即，擬寄家白山弟四絶，當作留别》第二首寫道：

無限淒涼悔此行，彼蒼偏厄到謀生。年來自覺衰頽甚，吴市簫吹臏尾聲。

詩緒極為消沉、傷感，充滿對此行的怨悔。蘇氏的謀生之行雖然無功而返，但留下了四十多首遊臺詩。這些詩作描寫了臺北、基隆等地的風物光景，記載了與在臺親友的相聚晤談，見證了光復後臺灣的社會情形，具有獨特的史料價值。

蘇玉如在歷盡滄桑和艱辛之後，晚年的心境發生了變化。他遊臺歸來後的詩作，怨氣減少，詩情歸於淡泊。《鼓山續吟四絶》小序云：『今者風塵歷倦，頗有禪門清静之思。』《避世》句云：『讀書聊以消餘日，得意何妨寫短吟。有水有山閑適興，逢花逢月尚關心。』表現出閑淡的心態。新中國成立後，蘇氏留下的詩作僅數題，但可以看出其心境又有新的變化。如一九五〇年所作《七十生日感言》第四首云：『有酒何妨自酌斟，有詩醉後好高吟。放懷天地風雲外，莫使衰顔老更侵。』詩頗顯曠達心境。其實，這也是新的社會生活環境的間接反映。遺憾的是，詩人未留下直接表現新社會新生活的詩章。

三

以上對蘇玉如《劫後餘吟》各冊的基本內容和特色做了簡要述評。我認為，無論是從內容還是特色看，這部詩稿都有其獨特的價值和意義。

首先，這部詩稿是抗戰期間厦門部分逃難詩人文士生活狀態和情感經歷的真實寫照。厦門淪陷前後，愛國名流和士人紛紛離島避難，或逃往南洋各地，或暫避鼓浪嶼租界，既有奔赴國統區參加救亡活動者，也有回原籍鄉居歸隱者。他們逃難後的經歷、生活和社會活動，也是厦門抗戰歷史畫卷所應展現的內容，而他們在異地的文化積累更是厦門文脈承續的重要環節。這部詩稿提供了返鄉閑居一系人士的一份珍貴的歷史資料。

從厦門近代詩詞發展流變的角度看，詩人離厦避難期間的詩詞活動及其作品，也應是厦門抗戰詩史的組成部分。而其中重要者，如陳丹初、蘇警予等人在南洋創立詩社，引領當地詩壇，厦門大學內遷長汀辦學時師生的詩詞活動，羅丹在臨時省府永安參與組織南社閩集等，已成為厦門抗戰詩史研究的重要內容。然而，離厦避難中的返里閑居一系詩人，或許由於隱於鄉村且人群分散，詩詞資料少見難尋，則幾乎全被忽略，或者說，未被納入厦門詩史或作為『外史』。而蘇氏這部避難鄉居的完整詩稿，可補厦門近代詩詞『外史』之缺。

其次，蘇玉如詩具有鮮明的風格和特色，是典型的『性靈詩』。詩集第一冊有論詩絶句《文字》一詩，詩云：『從來文字豈窮思，筆下常流絶妙詞。腹儉縱無華麗句，心清恰有性靈詩。』此詩表達了作者的詩學見解，也可以說是對自己作品特色和作詩心得的一個總結。可以看出，作者推崇的是『性靈詩』。從詩史看，『性靈詩』是清代以袁枚等為代表的一種重要的詩學主張和詩派特徵。性靈詩派倡言直抒性靈，注重表現個人生活中遭遇的真情實感，反對復古模擬，反對雕章琢句、堆砌典故，在表達方式上主張多寫平凡、瑣細的日常題材，多運用白描和口語。蘇氏《劫餘吟稿》（包括第二册所輯一百二十餘首寓厦舊作）寫的大都是日常生活中的瑣細題材和真實感受，無論是抒情、述事還是寫景，情感表達都極為真誠、淋漓盡致；詩以七絕為多，平易、自然、清新，不雕飾，也少用典，筆調輕靈而又老道，可以說是風格鮮明的『性靈詩』。

民國時期厦門詩壇興盛，活動頻繁，而詩風以菽莊吟社所倡導的『盛唐風雅』為主導，二十世紀二十年代陳衍執教厦門大學又帶來『同光體』崇宋詩風。蘇氏在當時厦門詩壇，可以說是默默無聞，不為人知，無論是詩社活動還是名家交往，均不見其身影。然而，他的『性靈詩』卻在兩種主流詩風之外別樹一幟，顯示出自己的風格特色，從而也表明其在民國厦門詩史中應有一席之地。

洪峻峰

二〇二二年十一月於厦門大學

劫後餘吟

栖雲氏手稿

廈门淪陷诗稿無存因作二絶哭之

長哦短詠快成篇。一向心情仗代傳。
無數吟髭撚兆亂。那堪踰劫轉相捐。

昔曾攜手上吟壇。語語如心割愛難。
此後燈前閒坐夜。有誰相伴到更闌。

家居有感

自從鷺嶼買歸船。蟄處家園一角天。
夢去可堪身化蝶。談來未敢舌翻蓮。
安貧器具外觀好。得飽還虧內助賢。
暮歲閒居原是福。行沽只少杖頭錢。

哭老友鄭少川先生二絶

聞耗心酸淚暗傾。知君今已赴蓬瀛。
晨星寥落無多顆。又弱南天一主盟。

還來我是劫餘身。蒙惠嘉言慰藉頻。
試把知交輪指算。除君而外有誰真。

客中憶母

當年堂上有萱親。未許尋常出遠津。
今日行踪渾久暫。望歸無復倚閭人。

得失

得失原無定。但須心不灰。蜻蚨南海近。
飛去可飛來。

立志

立志雖宜大。宅心總要虛。未堪垂釣日。便想吞舟魚。

暮春郊行即景

著意覓芳蹤。偶然郊外逢。桃花如醉酒。滿樹着嫣紅。

对镜有感

鬚髮皤皤欲染難。照来所鏡倍心酸。
未能違我龍鍾態，反把龍鍾示我看。

月夜楼外即景

门前池水碧。天上月華清。夜半楼頭坐。
静看水月明。

春日偶成

小別經年又見春。東皇到處百花新。
有如野草全無用。一遇栽成也綠茵。

夢父

不見趨庭日。於今近卌年。夢中怡侍側。
醒後轉淒然。

月夜聞鳥亂

啁啾鳥語夜中聽。似說今宵月正明。
極目江山同一白。果然皓魄十分清。

傷老

六旬又來脫征衫。招隱書來近百函。
自嗟知機羞材淺。不堪風好早收帆。

哭次女梅𥡴八絶 女年廿三，姣聰慧，婚東坑李姓，届將結褵五載，夫妻尚睦。一日在田間，被該李姓狂且，計偪擄送，合羣睽保，又被私放，經余向情面請該主任秉公办理，以善風化，未得效果，致女冤憤莫伸，服毒自殺。余時在省未回，不獲最後一面，悲夫。

韶華僅度廿三庚。弄瓦筭來第二聲。
詎料聰明偏遇劫，竟因冤妄自輕生。

此死劇憐女太癡，莫瑕白璧衆週知。
為何遽作遊仙去，不念爺娘養汝時。

命宮磨蝎苦難移。遇得災星亦數奇。

最恨狂奴心不死。天鵞妄想肉喂伊。

珪璧律身事事宜。不教毫末惹人疵。

竟來羞愧生難受。一死自甘酖亦飴。

曾把冤由代女償。奈因小醜是冤親。
明知罪惡如山重。便有金錢不認真。
思將悔恨付東流。愛水婚姻已莫收。
是我不謀翻誤女。此情終久掛心頭。

茫茫愁海石難填。擺脫當方六柱些。
欲訴沉冤舒汝恨。夜臺好自乞蒼天。
此後定知再面難。虧余老淚日空彈。
遊魂縱得依明月。夜靜還應照戶欄。

六女生时續哭梅女八绝

五瓦弄餘又産雌。不堪重想到梅兒。
廿年鞠養今何在。勾起愁心是此時。
争傳感應事非虛。重轉輪迴慰汝思。
獨是前身身未換。再來不免一番癡。

憶昔牙牙学語时。腰疽病發劇呼啼。
夜深汝母抱持携。雄我也曾要作雌。
匝月病除見笑嬉。舉家心緒亦安之。
慰情勝似真男子。忍說而身是女兒。

家務長來共母持。溫柔明慧好娃兒。
誰知午夜西風急。吹折盆花第二枝。
伏魄曾傳目不瞑。思來每自淚盈盈。
有時更把鄰家女。誤認翻疑汝再生。

二年未聽再呼爺。來往僅餘婦妹花。
他日婚觴開弟輩。座中甚少女參加。
東瀛禍水泛中華。鷺嶼還來難作家。
死後如兒乾淨甚。不應再發女貞花。

笑堂弟重翹四絕

五月還来未見君。那知君竟赴修文。

從前與我名山約。今去名山不我聞。

如君才学兩兼優。何事営営未雨籌。

爲念先尊存大譽。不甘墜落惹人羞。

侄孫悽寡孰堪謀。家務猶肩廿十秋。
豈料病魔偏作虐。不纏君死不甘休。
嚴武行年才四十。卧龍嘔血每三升。
人間苦況君嘗遍。未死黔婁亦厭生。

哭執友孫迺濟四絶

不堪回想舊情真。莫逆知交三十春。
一旦分飛蓬島去。招魂望自淚沾巾。

久年商戰驚江濱。成算在胸取勝頻。
（君曾於惠東溪駕石橋以濟行人）
贏得金錢還濟世。長橋駕與往來人。

愛好書香十二分。別開賓館禮斯文。（省議會優選君當在廈設館授餐。禮待士子。）
誰知上界星辰缺。召補人間卻是君。
一生衣缽有傳人。喬木雖凋梓木新。
死後知君應不恨。傷心豈那是蘇秦。

賀家固亭長男完婚

三春花卉艷東籬。正是郎君婚喜時。
一對鴛鴦新眷屬。百年鸞鳳此佳期。
兼此合巹歡何似。繡閣同衾樂有餘。
為祝夜深熊入夢。來年湯餅未應遲。

賀家隥冰長男结婚

黄梅时节雨初晴。喜得令郎婚告成。
瑞靄華堂双蚋耀。歡生绣幕两心傾。
裴航既践遊仙约。張敞堪誇画笔精。
預料明年湯餅日。傳覌幺鳳倍忻榮。

賀本係係長新婚

同心常結足忻然。卺酒双斟二月天。
道蘊聰明原淑女。刘晨眷屬本神仙。
画眉好趁春山樣。立志勿為情海牽。
此日雄才剛小試。滕高亭長亦當年。

代輓洪贊猷君兩絕

頻年寄旅仗扶持。誰料今朝永別離。
似水論交居復鄰。傷心豈獨蓋棺時。

一生廉潔又多情。物望群推宋廣平。
爭奈泉臺歸太急。徒留人世仰芳名。

溪中石

一石枕溪流。不沉又不浮。千年長在此。看長人白頭。

文字

從来文字豈窮思。筆下常流絶妙詞。腹儉纖豈華麗句。心清恰有性灵詩。

感懷

一官休後世情差。季代功名敢自誇。
惆悵輸他商賈客。逢迎列毒有人家。

賀小朋友結婚

天生一对小鴛鴦。娬媚郎君娬媚娘。
料想今宵衾枕上。愛情深厚話應長。

賀堂兄皆來為次郎成婚

葭管剛飛此日灰。華堂鐘鼓動如雷。
婚成小宋聯雙美。喜繼元芳又一回。
更把清香酹帝座。添來佳婦自天台。
而今完卻向平願。閒適身心好舉杯。

以上[illegible]

前題代作

纔報南枝嶺上開。垂枝今又放重臺。
香移繡閣薰衣潤。粉偷新妝上額來。
浪說元芳多韻事。應知小宋亦高才。
錦衾此日溫存處。佳語豈妨任未猜。

感怀四首

泥鴻印跡徧江津。容貌風霜覺不春。

自學伏波忘却老。偏教鬢髮白如銀。

半世相逢剩一枝。于今未見化龍時。

恩仇快我知何日。獨对斜陽感不支。

移栽庭畔數株蘭。灌溉多年未可看。
只有堂前新桂樹，一枝秀出慰心肝。
年衰自恨日斜西。但守儒風任品題。
天若有心添雨露。枯楊還可望生稊。

余收螟蛉子均屬當行自傷三絕

鉄錯悔成聚九州。終宵不寐數更籌。

如何結此前生孽。牛馬虧余二十秋。

休將獸類薄韓盧。小受豢恩亦識吾。

人事若知今日變。當時鞠養太痴愚。

愁来我豈忘家山。為有蚌珠非捨难。
此後空王許懺悔。定应修养列禪關。

鸡声攪梦

静卧匡床醉後身。喜随蝶魄晤萱親。
忽闻喔喔惊残夢。堂赖鸡声惯攖人。

烏兒返哺有感

樹上有烏兒。自少母飼之。迨乎母失明。全仗返哺時。小烏肩責任。常恐老烏飢。終朝勤覓食。哺養負長期。豈無凡鳥輩。相視不如伊。乃知鳥族類。惟烏達孝思。如供子路米。又把老萊師。別有娛親意。啞啞喜可知。還林日未暮。母子共嬉嬉。有人面樹坐。觸緒淚雙垂。

蜜蜂二絶

整日林園來往忙。採花原擬備冬糧。
豈知竟造人家福。釀蜜何曾自已嘗。

有時簾外作嚀聲。似向農翁訴不平。
我自採花人取蜜。此情終覺未分明。

春日漫興

三月春光花滿枝。有客見花昧花時。
猶立花前狀若癡。問花那得此嬌姿。
主人聆音笑且語。謂花得時常如此。
如人逢得妙運來。那時花且讓人鬧。

初夏

春日無聊酒一杯。耽吟到老未曾灰。
栽花避免睡鄉去。詩句翻從勝地來。
野鳥忘機穿樹語。沙鷗如約趁潮回。
思量無計消長夏。擬向江濱築釣臺。

國難

國難當前少舉杯。河山破碎未成灰。
枕戈豪將聞雞起。杖劍人爭殺賊來。
民怨定知天亦怒。心堅豈有敵難摧。
果能團結精誠在。勝利何愁挽不回。

月夜獨坐

空庭獨坐聽鳴蛩。月皎翻疑地有霜。
四面清光渾似水。此身究在水中央。

晚步歸来口占

雨後閒遊夕照天。歸来徙倚傍花前。
山妻停織談今日。稚子牽鬚戲老年。

家貧國难生計無着感賦七律

國难深深歲又週。田禾十分只三收。
一家辛苦飢难聚。八口倍添喜轉愁。
敵寇忍殘頻肆虐。天公高遠問無由。
何時得掃妖氛去。任我優遊到九州。

瑣碎油鹽尚費籌。敢云沽酒向妻謀。
炊因乏米隨餐購。住有高樓被敵收。
貸盡親鄰醫死債。莫求苦海救生舟。
也知老去忙勞甚。端為兒孫作馬牛。

夏日樹下納涼口吟

滿堤竹柏綠紛披。得此濃陰避暑宜。入耳溪声喧午梦。怡人山色愛朝曦。園蔬正好供新饌。野鳥偏能認舊枝。整日光陰閒裡過。静中添寫一篇詩。

嗣子不肖感占二絶

君把金錢輸國難。尚期令譽布人間。
艱難苦作螟蛉計。非得心安轉不安。

名分何曾與承留。且將苦口認仇讎。
蜾蠃有後君知悔。莫賴於余轉自愁。

見禾熟有感

暮春苗才育。轉瞬禾成熟。善係一分粟。

年々能继續。是知物與人。各具有本真。

積得善果因。代々德常新。勿將惡孽留。

自貽身後羞。勿作深刻謀。畢世等浮漚。

見溪流有感

滿溪溪水出深山。百溜千源滙此間。
流到平灘尚潺潺。激着石磯起波瀾。
一激再激使難直。頓起咻咻吼終日。
世間萬類自天生。受侮當然鳴不平。

家珀若津以令先尊人所義飯牛圖囑題（圖中西公手一畫坐樹陰下飯牛也）

不隨老賈學商奸。不愛垂綸釣水間。
非與古人傳姓氏。權師甯戚讀深山。
耕讀從來判兩儔。先生二者非畫謀。
平時看看閒心事。數卷書詩一隻牛。

再題飯牛圖

古樹畫成一幅留。青鋪地上草油油。
披圖重見先生貌。坐看奇書並飯牛。
吾族賢名久讓君。能知課子學斯文。
果然培得芝蘭秀。吹遍香風遠近聞。

三教飯牛圖

有書不妨自修惕。飯牛未必但甯戚。

吾宗前輩昭義公，好書好牛君成癖。

謂牛可以助吾耕。書亦可以育吾德。

吾讀吾書養吾牛。人间何事不自得

三十韶華日正長。自將一紙寫芳容。

披圖見得樹陰下。公坐觀書牛在場。

場中野草綠油油。木葉陰濃景未秋。

手倦拋書眠片得。黃昏相喚有嗥牛。

豈料人生事渺然。年才卅五遽登仙。
遺書付與郎君讀。字字吐光高于天。
於今聲譽遍傳揚。爭説是公流澤長。
公自騎牛蓬島上。瓊樓玉宇任徜徉。

鄭玉森先生以秋感詩見示即依元韻和之

讀罷珠璣興又牽。愧無佳句報君前。
人因別久思應切。花到開殘色猶（尚）妍。
蓮幕每懷依綠水。梅江時悵阻烽煙。
聯吟共醉知何日。聊把贈詩和一篇。

題家溥泉先生令先尊像讚

拜公遺容。考公端詳。未生先怙。遺腹亢宗。

一鄉之秀。千夫之雄。能文能武。克柔克剛。

以孝事母。以忠勤王。顧念苦節。為請旌揚。

既蒙恩獎。又慶弄璋。萱花榮耀。桂樹飄香。

防旅到處。全民稱良。象賢繼起。厥後必昌。

再題家溥泉令慈刘夫人玉照

碩瞻儀容。靜睦端莊。生于祿閣。嬪于吾宗。
既修四德。又悉三從。理明于月。皦凛如霜。
無違夫子。能孝姑嫜。鹿車共挽。鴻案相將。
克勤克儉。有紀有綱。心契佛慈。度可海量。
閫中之範。女中之良。配德娠賢。奕葉流芳。

賀家四海舊屋重新營造併壽循子完婚誌慶

漫把當时怨祝融。而今依舊復新莊。
孔方有力成華屋。若將勞功酬玉觴。
恍設高堂添壽算。冠加循子倍歡容。
彼蒼獎善擬崇意。喜慶重重樂未央。

前題代二絶

華屋新開祝壽堂。慈萱八十並稱觴。忽聽鐘鼓聲喧處。猶子今朝又匹凰。

兩行蓮灼襯紅裙。來進延年酒一樽。天意若教人意滿。明年今日弄曾孫。

哭孫步友君

屈指訂交僅八年。未聞潤穀遽登仙。
胸能作達貧猶樂。病到難醫命也捐。
入夢縈心恒白晝。相逢有日待黃泉。
老夫事事居人後。一死也應讓汝先。

賀家范水三子海樹君新婚

蓮炬搖紅叠酒酣。滿堂笙管譜周南。
看来仙女應差二。序到郎君恰第三。
此日香衾添好夢。他時佳話任懽譚。
定知来歲梅花裡。湯餅筵開慶得男。

蓮心寺為貞女蘇恨姑執拂四絕

平生與佛本無緣。今日何因到佛前。
為有女貞之化果。送他依舊返西天。
寺中古佛畧垂頭。似聽凡家訴請求。
我到此間無別願。惟將福壽乞雙修。

慈帆普渡說真〻。知有佛心便愛人。
況以空王居上位。算來一樣是生民。

世人慾望擬吞舟。我只寥〻福壽求。
私願豈多應易遂。佛尊何事不抬頭。

哭廖润澤兩绝　廖安溪人亡年二十六為余肝胆交也

傳来噩耗淚潸潸。君赴神仙第幾班。
如此忍心還去早。當时不合到人间。

六載交游另眼看。每談心事到宵闌。
誰知午夜星沉候。月照西窗分外寒。

哭宗侄伯騰茂才兩绝

年逾七十老經師。一夕红塵撒手遗。
名壽如君應不恨。最傷心是彌留时。

同是蓬萊謫下仙。逢君十載讓君賢。
文章在日常憐我。知己今莫再会缘。

恨潮汹涌时聊作二绝自宽

人生遇苦莫心灰。否极当然泰运来。
不信但看时令转。严寒过后百花开。

未许将愁筑作城。当前有酒且陶情。
王君算我言如验。福曜尚能十载明。

（王三吉，吾闽有名星者。）

江濱廢寺

一連古刹倚江濱。一帶波光照眼新。
臨水忽驚天倒置。入門又見佛橫陳。
堦前斷碣猶留字。樹上殘花尚有春。
惆悵當年香火地。空餘落日泛荊榛。

樓外眺矚

連宵春雨霽晴天。曙色衝開四野煙。
樓外有人閒眺矚，海邊剛挂一帆船。

樹下聞鶯

聽得深林巧囀聲。也知此譜出流鶯。
金衣公子逍遙甚。終日高謌適一生。

日寇未除營生無路寫此感慨

國仇延未報。荏苒已三春。
逐日心空切。何時志得伸。
詩吟聊寄恨。酒醉不知貧。
自愧謀生拙。幸無索債人。

對竹寄意

素羨凌雲志。栽來頗費心。

雖然芽暫露。尚未見成林。

清明節仝侄孫上墓口吟

昔年上祖墳。惟我與諸昆。

今日諸昆墓。又來有子孫。

戲賀家木春新婚

知君究視本眈眈。才入桃源手便探。
此日衾裯成好会。来年湯餅合分甘。
暢怀無道未婚語。得意勿遺新笑談。
我有至言宜告爾。長期弋雁莫心貪。

家居有感並怀林翰周李怀釗及家碧偉白山三弟

遠來驚與劫餘身。三載家居感慨頻。常訓梓桑義禮地。那知遺教失先民。移風無術覺心寒。徧地荊榛斬剪難。我為預防庸俗忌。故裝愚昧給伊看。

家貧常恐誤琴樽。庾信生涯只賣文。
從日得錢惟買醉。任他覆雨與翻雲。
相逢朋輩幾青眸。愛我推君第一儔。
何處名山同寄隱。商量文酒日優遊。

哭殤兒啟明四絕

老樹重花未幾時。旋因風雨殞新枝。

可憐一段傷心史。猶寫衰年哭幼兒。

嗣續遲遲少見男。紅花已是二增三。

愁来曾向空王禱。不得弄璋死不甘。

五旬有五賦添丁。及汝生來歲又更。
誰料汝來旋即去。蜯珠枉說十分明。
最苦而娘病乳時。日將牛奶買喂兒。
爲兒幾度忘眠食。小小游魂知未知。

哭安溪謝茂才玉蘭四绝

機雲才調早知名。老大相交倍有情。
別後光陰纔匝月。不堪回首憶臨行。
三年鷺島共栖遲。累次蒙邀茶熟時。
我愛君文君愛我。客中從此締心知。

君佩有土冠移居厦門開捷成号旅社

曾將旅社當青氈。曾捨毛錐学計然。
祇是書生真本色。時時流露在人前。
月前因病返蓬門。又見依依未忍分。
此後鷺江重鼓棹。多情要須再逢君。

六十生日感言四首

駒光如駛雪盈頭。六十年華逝水流。
未有功勳炫一世。敢望姓字重千秋。
毛生捧檄緣親老（在）。伏勝傳經衹自謀。
長此山林容我懶。遭逢端不羨王休。

才慚百里早懸車。拋卻浮名獨愛書。
每把吟哦消歲月。聊將蹤跡伍樵漁。
經多世故心常淡。遂得身閒願不虛。
自幸桑田十畝地。竹松環繞好家居。

懸弧喜值菊花鮮。宴罷茱萸十二天。

叢數黃英供作饍。有時墨客替張筵。

扶鳩正好稱前輩。展驥合應讓少年。

我本江湖閒散客。冒名敢說地行仙。

記曾鷗與隱江邊。稼得人間畫稅田。興到一樽斟夜月。閒來七品試秋泉。東山絲竹深宵夢。北里笙歌薄暮天。自笑風情今未減。又將樂事說當年。

附錄家碧津忠和四律倒叠原韵

風塵歷徧老知休。詩酒双眈日併謀。
掌上蚌珠添兩顆。雪中鴻爪印三秋。
煙雲滿地山還在。波浪兼天石不流。
樂事如君能有几。成行妻妾笑樓頭。

解組歸來賦隱居。猶存松菊映窗虛。
名逃仕宦輕干祿。迹遁溪山伴釣漁。
市上懶操刀筆吏。花前補讀聖賢書。
而今碩果宗邦少。鄰里爭看長者車。

拼卻浮名半是仙。其人如玉合高年。
登樓客少煙霞榻。此院僧多翰墨筵。
生不逢時原有命。事當抗日總由天。
懸弧且莫滄桑感。黃菊墻頭簇錦鮮。

身遭时艱又荒年。外不多求自得天。
承爱参禅隣彼岸。君能遠隱近林泉。
放怀常对千波月。養性全凭十亩田。
花甲纔週人未老。團圓一室樂無邊。

附家白山爺和韻四律

騷壇早已露風頭。詩格清超占上流。
睥睨乾坤共一世。遨遊警鼓几多秋。
心存振弱操刀義。事到知机見智謀。
不是江南烽火徧。鴻飛海外未遑休。

經史咸稱富五車。蠹蟫嘗索腹中書。
消閒既有詩兼酒。遣興何分樵與漁。
妻妾成行花燦爛。兒孫繞膝玉清虛。
羨君享此天倫樂。雖賦閒居勝廣居。

蓴羹鱸膾味新鮮。家似桃源別有天。
亦正逢秋傷白髮。君當周甲慶華筵。
賓朋共醉稱觴日。鄰里爭誇養國年。
一向莫愁河畔住。何須方外覓神仙。

家山風景樂無邊。況有桑麻數頃田。
二月柳陰看飛絮。三秋溪畔聽流泉。
忘機自得閒中趣。任命但憑頂上天。
富貴不爭貧不厭。如君真可養餘年。

附林翰周君惠和四律

漫道君今已白頭。當年到處羨名流。
几时執政才方用。廿載還田穀有秋。
素志未酬知命拙。盡忠每羨為人謀。
堂前慶祝題周甲。景仰高風樂未休。

學官如君滿五車。消閒長日樂琴書。
清心只好詩兼酒。濁世莫如樵與漁。
滄海桑田原屬實。白雲蒼狗總是虛。
紅羊末劫堪嗟歎。且覓桃源好隱居。

六十老翁詩思鮮。料應營春好先天。
黃花晚節經霜健。白首還鄉啟壽筵。
逸興唱酬娛此日。優游杖履樂餘年。
完人五福真堪羨。熙皞滿堂陸地仙。

驚與還來各一邊。知君種法春心田。
文章寫出如新月。談笑環生若湧泉。
政績堪留循吏傳。壽筵正值菊花天。
遂名而役身還隱。拋卻虛榮好春年。

附李怀釗君惠和四律

研精法學露風頭。猶占眉山第一流。
翰墨如君堪絕世。烽煙惱我几經秋。
民權扶翊資刀筆。鄰[illegible]調和見智謀。
太息滄桑多变幻。倦遊鷺與且遑休。

公门出入駕輕車。賴有申韓一卷書。
興到為晚陶令菊。閑來且覓武陵漁。
英才拔萃詩當敵。政績修明望不虛。
剩有雄心老愈健。栽培松竹護家居。

華堂瑞靄綵衣鮮。南極星芒耀滿天。
祝嘏正聞長壽菊。稱觴好酹介眉筵。
朱文筆拓辛家印。律帳籌添亥字年。
一室團圓餘樂事。何須清福艷神仙。

鷺嶼螺城隔兩邊。還來好播杜陵田。
宦情老去淡於泥，詩學吟來湧若泉。
花月流連消永日。江山嘯傲樂吾天。
儒林風雅真千古。多士傳箋祝暮（耆）年。

轉瞬秋風又是六一壽辰因續吟四絶藉以自遣

年年此日鬧生庚。六甲本周歲又更。
得與黃花同入世。前身合是陶淵明。

載酒名園歷歲華。今成白髮老人家。
秋英知我懸弧日。又放黃金滿圃花。

閒遊騎駒六一時。君恩維繫羈京師。
吾年六一閒居早。坐躭兒孫誦介眉。
携來壽酒滿杯斟。長恐衰顏老更侵。
內務全憑妻妾理。不教一事擾詩心。

刼後餘吟

栖雲氏手稿

九月十五日仝楊縣長鍾英到馬家坪庵看菊遇雨口占二绝

覽勝相邀上菊庵。名花百種後先開。
主人一見應姍笑。何事貪看冒雨來。

一朝秋雨淨微塵。滿園黄金色倍新。
來歲重陽容再會。風前還問汝花神。

鷺江舟次作

一葉扁舟浪裡行。夕陽色抵鷺江城。
慣遊不怕風波惡。只怕兒童呼母聲。

剪髮時口占

萬事同僧坐。居然僧不差。
若登經閣上。還少一袈裟。

紅牡丹二絶

赬顔豈藉酒盃澆。開到朱門倍覺嬌。
花亦如人隨主姓。只今氏族尚稱姚。

魏家姊妹未庸材。輸汝曾從赤縣來。
同是王稱君特色。紅標佔得也應該。

白梅花二絕

骨自清癯貌自香。嚴寒一襲素衣裳。
美人生性原孤冷。不愛濃粧愛淡粧。

歷盡冰霜絕點埃。真疑玉骨和冰栽。
人間清白誰如汝。肯與群花鬧艷林。

和杜監光印陶（唐）六十感言原韻四律

（五十曾慶一次）

又見樽開六甲週。年年菊裡醉交遊。
才華美麗原天授。文字清高當璧售。
木鐸隨時宣雅化。寶田歷歲慶豐秋。
人間福壽如君少。漫把明珠誤贅瘤。

我六懸弧同此天。擘来壽酒共忻然。
遲生四載輸成玉。不信双鋼獨化鉛。
惟羡心源通泗水。還期圖像継凌煙。
王休六十纔徵佳。未必後芳便遜前。

天生奇傑仗留時。末俗頹風待轉移。
行潔常(役宣講堂)教人共礪。心虛長(修造橋路)恐路傾危。
衣冠故里傳令譽。筆墨甘棠垂後思。
更喜桂蘭同掌教。螺陽文化獨家持。

（主本邑圖書館）

圖書萬卷足生涯。緗宪詩傳自一家。
玉樹呈芳森七葉。金鍼闘巧艷双花。
漫云去日如流水。自有夕陽照晚霞。
桃李三千風景好。青青又映碧窗紗。

和黃秀鳳女士閨怨元韻五絕　此詩余未有存稿，惟白山弟集中。載有此詩，是余所作。故姑錄存之。

百端愁緒趁春生。燕子尚知戀舊營。底事江郎歸不得。教人何處問君平。

風打芭蕉雨打扉。驚回午夢想非非。湖頭誰種新荷綠。引得鴛鴦葉底飛。

梧桐女葉早（落）秋天。怕見河橋織與牽。
艷說双星年一會，儂何人反不相憐。
鄰婦遠客笑聲嘩，望斷殘冬恨轉加。
七載別離人在否，渺無一字寄來家。
舌耕無奈解愁饑，半養衰親半課兒。
誤妾朝朝猶小事，高堂有母囑君知。

客邸清明二律　以下囊稿補錄絶律計百〇三

廿年作客此間留。佳節逢來易惹愁。
欲寄家書無傳雁。久違母教愧鴉鷗。
心依海峽初升月。夢繞家山一角樓。
還憶故園今夜宴。有人念亦鷺江洲。

六十椿庭養已違。回思風木轉生悲。
堂才枉說能修灶。有母終年累倚閭。
論孝自知慚潁叔。問心真覺愧茅兒。
湛蘇得遂家居願。膝下承歡又幾時。

獺海觀潮 得潮字韵

獺嶼孤懸水滚遙。洄洄疊作不平潮。
江神似抱傷时感。絕古濤声記未消。

蜂山西畔傍漁樵。獺海當端时作潮。
恨乏孝侯三尺劍。未能踏浪斬江妖。

和張梅亭照兄送別元韵

感君妙意託詩中，開亦離愁一線通。
慙愧量才空作客，不能破浪任乘風。

在廈病瘧

久纏瘧鬼阻歸程，卧对昏灯百感生。
最誤病人惟是眠，夜深翻要訴天明。

隔院聞鄰兒嬉笑聲口占

兒女喧嘩隔院聲。寒齋寂寂夜初更。
藜床（卧）只有書爲伴。旅舍但將酒解情。
客感每湛孤館集。離愁常趁暮潮生。
不知負此風塵債。應俟何年償得清。

戲荅拾趣收約廿

命是鯫生不自由。愧難逐隊署風流。

料知應被佳人笑，艷福前生汝未修。

寄情人林淑珍、絕

相逢印訂白頭約。難免離生淚別頻。

永已甘心將愛割。聊須留意有情人。

哭醫士家棠萱先生二絕

匆匆國手赴蓬瀛，鷲島而今少若兄。
知己闔情何必淚，留將餘淚哭蒼生。

一生心事只君知，君死莫言我却怨。
我為君知（怨）君不見，強顏也作輓君詩。

旅次聞謌

謌声嘹喨旅中聽。舉座喧嘩笑語騰。
我自離愁人自樂。一般客子兩心情。

又自慰一絕

彼蒼巧弄總難知。否泰澆他一轉移。
最是委懷任化好。人生何樂又何悲。

長女生時口吟四絕

不必弄璋喜。何須弄瓦悲。鳳凰元鳥也。未見有鴟兒。

相愛實朋輩。每嗟我産雌。不知生女後。還望生男時。

祗是六旬母。夕陽晚照時。望孫經十稔。
未得慰調饑。
惟祝蒼蒼者。為祝益壽期。俾看蘭與桂。
繞膝共含飴。

下一絶為次女生时作

桑弧預望此懸成。墜地依然弄瓦声。
可是天心留有待。馨兒未許等閑生。

爲送家書并遲遲未至口占一絶

無限鄉心苦。聞君故里來。更遲三日見。使我幾徘徊。

七月八日大雨口占

難逢勝節一宵過。客思異鄉恨若何。絕世牛郎多別淚。人間落得雨滂沱。

月夜雲頂岩口占

清和天氣夜微風。禽鳥啾啾月正中。
怕上雲岩翔北望。引人離恨到螺东。

馬江夜雨

瀟瀟夜雨度江城。旅舍灯昏近五更。
一事無成眠不得。起来数次聽鷄鳴。

林淑珍由振來屢尋余因僕人不爲通守候月餘而去余查知後作此寄之

相逢無指歲三更。萬里相尋見汝情。
詎料家來卿即去。竟教心事不分明。
可恨狂奴心太不專。叮嚀三次未曾宣。
誤他萬里關情甚。空到鷺門四十天。

林淑珍第二次回廈相見時口占

一段情緣縷縷真。十年長繫到間身。
若從今世論知己，卿是鯫生第一人。
好把心香祝愛河，從今休再泛風波。
痴情得遂白頭願，偕老名山感謝多。

咏筆

百事隨人意。萬言賴爾書。居心遭擯棄。退守管城居。
才學高千古。文章富五車。生平雖寂寂。不失一中書。

久旱逢甘雨

久晴頻望海雲生。今日剛聞霹靂聲。
料想天公應有意。故留甘雨作人情。

苦熱

祝融司令苦難當。解熱無從乞彼蒼。
也笑叢峰堆白雪。夏來依舊不生涼。

步蔡禹疇先生感懷詩原韵

苔侵魯壁學宮寒。古調而今已不彈。
時向原批呼厭亂，書生豈可上治安。
君知陶令曾栽菊。余慕嚴光頗把竿。
有志山林應及早。風波此去尚漫漫。

附录 先生原稿

偭北從來奉肘寒。餓碑確守慰飢殘。
甘心守死雖難立。託舌求生硯未安。
學樵慚破東山斧。垂釣愧持北海竿。
輾轉終宵曾不寐。其如長夜又漫漫。

寄懷張梅亭盟兄

秋初分手又冬期。遠水重山感別離。
納福應詢君近況。讀書合悔亦當時。
聊將磨債消凡劫。只把新愁寄瘦詩。
自愧謀生無定計。頻年乏善慰相知。

寄韋捷思淑九盟兄

三生石上問班真。剩此風塵現在身。
愧承因貧甘別母。羨君有福得依親。
文章書（已）步先師業。衣鉢堪傳後起人。
料想硯田收（今）更好。時將沽酒會居鄰。

詩夢

蝶魄初回候，灯光尚未残。此间還有梦，何必到邯郸。

榆錢

不作療貧用，榆錢積滿堦。才呼僮掃去，風又送之来。

秋感二绝

寒風吹雨濺花新。节序驚心逐換頻。
最是無情頭上髮。每每更白未衰人。

消長光陰牘此身。形容如舊鬢華新。
閒來怕檢芙蓉劍。永是恩仇未報人。

舟中口占

愁来何事问江神。只为三生未了因。
半世飄零應惜我。十年辛苦莫歡親。
雪泥爪印鷺门遍。霾霧身纏闊海頻。
惟祝萱花長不老。此情第一慰征人。

秋日獨坐口占

歷徧江湖心已厭。書齋閒坐獨細細。
並聊常覺幽懷靜。詩意偏多笑口開。
助興濃吟燈一盞。消余愁悶酒三杯。
此身好作黏泥絮。任憑秋風權又摧。

怀舊

讀罷蒹葭動舊情。重重離恨趁潮生。
憑誰為買吴溪楮。寫取相思寄驛程。

贈安邑胡瑞階

揮金結客且憐貧。一片婆心見性真。
合買清絲千百縷。平原勿綉綉君身。

秋感寄安邑家華朝君

寒風料峭又深秋。荏苒侵光彈指流。

到處逢人勞說項。窮途知己愧依劉。

生涯寄託萍根草。身世飄零不繫舟。

自嘆頻年長作客。未能投筆覓封侯。

晚步

蛩謌唱罷晚風涼。出水芙蕖漸覺長。
獨怯夕陽無賴甚。強推人影入池塘。

遇雨茶家主趙爺招飲

多君過我几叮嚀。相約蓮城鬧酒兵。
誰料一餐天亦妬。先教雨伯阻行旌。

咏笔

一管龍鬚筆。能翻墨海濤。可憐今少用。
只合寫離騷。

牧童

横騎吹短笛。扣角策前途。非識喋嗚語。
還須問萬盧。

小遊仙八絕

香霧叢端把夢牽。飄飄直上九華天。
群仙相見如相識。問謫紅塵有幾年。
攜手相邀宴玉京。幾番輪勸酌瓊漿。
朦朧誤說人間事。惹得仙姬笑一場。

廡下霓裳舞羽衣。聲嬌態媚解人頤。
元妃賦罷游仙曲。又命張絃唱採芝。
奇草名花列玉墀。異禽見慣不驚猜。
水晶宮裡香風遍。知是瑤池芍藥開。

笙謌宴罷任情遊。信步尋芳近玉樓。
記得當時仙吏在。怕教相見懶回頭。
西來鶴駕坐仙翁。羽蓋霓旌入紫宮。
抓把前因私一叩。到門先已領清風。

風清氣燠景當迎。到此遊觀信有緣。
若藉銀河清淨水。洗滌煩惱即真仙。
銀河照影懷前身（動精神）。一繞遊觀下界身。
自料聰明應覺悟。羞生塵世作癡人。

往坭里拉剌舟行遇風作

廿年來走客中身。海國波濤閱歷頻。
何物妖螭偏好事　更吹巨浪欲驚人。

坭江旅夜獨坐

對影成雙幸不孤。閒來只藉酒模糊。
而今亦卻離家慣。蝴蝶莊周夢已盡。

住帳月餘無事時口吟二絕

帳江江上寄征車。靜註離騷已月餘。
難學異音通鬼語。倦看鳥跡與虫書。

無聊獨坐聽吹笳。一片鄉心趁月斜。
自嘆客中知己少。夜闌誰共話心茶。

劫林君雅樹招赴妓宴並自傷風塵四絶

多君不吝買花錢。逢柬傳箋約我堅。
慙愧鯫生都薄福。姓名未注有情天。
徵歌選艷記當時。歲到而今總不宜。
堪此風情羞老大。讓君有福注西施。

此生我誤落人間。偷得閒身勢已難。
敢向風塵償舊債。不將辭賦寄江干。
同儕含生負氣人。如何苦樂不平均。
私心擬向天王問。家足賢妻第幾身。

詩婢 限八庚韻不必根據鄭典

漫把了嬛兩字輕。能吟還算女書生。品高盡倒詩奴興。白妙難宣婢子情。論命未堪齊道蘊。較才應不愧提縈。憐他風雅蛾眉者。徒餉人家喚賤名。

古塚　限十灰韵

大夢千年竟（總）不回。夕陽荒塚卧山隈。
也知碧草生难永。待悟黄梁骨已灰。
眼遠燕城空悵望。靈威華表未歸來。
祇餘尺土凄涼在。誰向重泉進一杯。

美人行 合下三首均限七陽韻

髻擁堆雲巧樣粧。輕移蓮步出華堂。
憐渠一付姗姗足。也向風前逐晚涼。

美人羞

舉扇遮人把面藏。羞言低首立花傍。
看他頰暈紅潮候。比著胭脂色更光。

美人啼

一個分明醉海棠。共將紅淚濺羅裳。

不知底裡緣何事。拋盡珍珠猶倚床。

美人睡

綉幔煙凝睡鴨香。玉容人卧百花床。

更殘月透蘭閨冷。又學春婆幻一場。

手錶 限天川年韻

計時為報夕陽天。攜手相從步遠川。
別有机心閒不得。循環鞅掌幾經年。

電燈 限空風中韻

一顆流星掛碧空。分明一線任衝風。
知他奪目光芒理。莫數龍鬚在箇中。

吉峯上舍淑九盟兄偕之鯤江過訪吉雨有作

何處秋風卻倒吹。吹來舊雨慰相思。廿年書室同盟候。卅日萍蹤偶聚時。自笑留賓慚地主。多荷繆愛謹心知。晤談無限別離苦。珍重明朝唱遠之。

廈招商局前即景

門前緊纜晚來舟
樹上夕陽照滿樓
寂寞垂楊長下向
寄人籬畔合低頭

重洋客舟

重洋來往迅如飛
萬頃風波任作威
無限婆心憐怨婦
替人通信載人還

四月十三夜猶行口占

朦朧月色野風生。天氣清和驛路平。
家少攜奴並伴侶。權呼明月作隨行。

在蓮城倚欄有感

倚欄西望夜三更。月照江心水色明。
願把波流傾作酒。徧教吟伴酌昇平。

安溪胡茂才鵬飛見崗山房叢稿索題吟此二律贈之

也枕長戈也請纓。也耽吟咏也多情。
清溪覓句囊常滿。白袷憂时劍屢鳴。
武庫羅胸詩退敵。文壇叉手酒鏖兵。
篝燈永夜君方讀。知否郊原狐貉声。

唱罷大風謁故鄉。負他猿鶴久相望。
幽棲恰稱龍方蟄。嘯傲端宜虎作岡。
一枕溪声喧白荻。半窗日色熟黃粱。
閒來莫把干將拭。怕化蛟螭又出囊。

辛卯夏湖北上舍歷年[illegible]

年值余旧就任華安因寫此絕戲之

君客鯤江我廈门。年年在此一逢君。

今朝相見明朝別，来去渾如海上雲。

思量莫計阻君行。每見君行恨又生。

我欲避君江上路，君来君去不關情。

南安廖克友過訪是日適大雨淋漓因寫此戲云

分手而今已四秋。萍踪偶爾會荒陬。
知君到此能安覺。雨亦慇懃代我留。

哭張茂才仰三一絕

望我談心眼已枯。堅來十日渺黃壚。
人生真箇成春夢。匆促如君實不圖。

由安溪到南安路過廣澤尊王墓口占

素仰神灵處。今朝慰計思。
山花争献媚。野鳥自敲詩。
路遠跳夫健。天高日影遲。
亦来覌勝地。未必異前时。

白沙溪（地屬安溪縣轄）

一滴川原溜。全收入灣津。
思量流水意。也似小商人。

御史嶺（湖頭境內）

夙昔未經處。今朝到此遊。
兩山如列嶂。迎我入湖頭。

到湖頭即景

羣山環立水中流。城廓天然不用修。
萬户炊煙朝作霧。一街燈火夜炫眸。
潔身且有溫泉在。式飲何須杜井求。
閲遍先賢鍾毓處。勝名合號小泉州。

湖頭溪邊口占（此溪直達泉州）

林泉佳處説湖頭。又遣潺潺水遠流。
兩岸若教桃樹種。落花依舊引漁舟。

嘲田婦

村莊日日揀田禾。身上裙衣常薜蘿。
一樣分明人似鬼。同声又自唱秧謌。

春日早起

啟戶風皺急。添衣禦曉寒。平生貪起早。只為愛花看。

贈次寶李夢娘

世界奢華易感人。菲才若我合居貧。憐卿錯愛讀書好。嫁與黔婁誤此身。

晚晴二絕

雨餘午後遠山清。一片斜陽高樹明。
疑似上天開醉眼。眸縫展露現金精。
屋角蛛絲破又牽。墻頭烏鵲噪晴天。
夕陽久別慇懃甚。也送餘温到榻前。

步古辛盟兄淑如六十自訟元韻四律

大廈親戚羨美輪。名登上舍已卅春。

文能拔俗傳今世。詩怕傍人作後身。

桃李盈庭洵可樂。珠璣滿腹未應貧。

鯤江鷺水时來往。祇為承歡不厭頻。

廿年海外館宗親。位處西賓第一人。
自有清才憐賈誼。豈嘗羨魄笑蘇秦。
玉昆競耀徵先德。琴瑟調和慶鳳因。
更喜象賢能繼起。老來幸福倍添真。

我亦江湖一小萍。劉憐知己散晨星。
頻年與汝期千歲，屈指逢君僅五齡，
非效問安輸有母。敢言得志自忘形。
年來閱盡名場味。眼底雲煙怕再經。

家山猿鶴久相違。瑯琊北還未得歸。
幸有鷄禽娛晚歲。且將樽酒醉斜暉。
一生於理惟求是。萬事憑天豈長非。
倘得吳王償夙願。故園清瘦讓人肥。

和季因懷此四律應之

欣君大雅獨扶輪。消受園林五十春。
但有群書供娛樂。更無俗務擾閒身。
心能作達何妨隱。志在吟詩豈計貧。
最喜風懷師靖節。醉鄉平坦往來頻。

昔年力學慰萱親。今日騷壇作主人。
旂鼓畀能追李杜。功名久已詡儀秦。
知耕每與妻孥共。嗜禮恒談風月因。
為問故鄉諸士子。有誰樂事比君真。

分眠一劍侶青萍。靜閑匣中歷歲星。
何必感怀傷去日。且將行樂養修齡。
神清疑與仙同樣。性定任憑鬼化形。
最是生平快慰事。兩郎皆可付遺經。

終老衙門願未違。每從鄰寺聽經歸。
居無什憲閒宵夢。室有餘光耀夕暉。
問歲買臣剛得運。計年蘧子已知非。
有時領略家鄉味。蓴菜鱸魚定是肥。

家碧律令妹君益守貞不嫁，持齋奉佛，今春已逾[illegible]立夫[illegible]
老伯壽以貞木凌霜四字贈之，碧律作詩道謝，囑余依韻和之。

廬山高聳怡山隆，靈氣偏鍾閨閫中。
立志既能師佛母，成名當不讓支公。
守貞賢媛宜今日，錫獎羣儒尚古風。
亦本周親親誼末，也應鼓掌表歡容。

慧可心傳佛教尊。壇林栖隱絶塵埃。

清真直欲追仙妹。靈妙猶能感女貞。

贈額只規三四字。留名當可萬千春。

揮毫擬寫凌霜態。未解丹青怕笑顰。

和家白山爷輞川題壁元韵二绝

自有桑田十畝餘。何須彈鋏苦無魚。

靈鳴素受公卿重。只在閒居一草廬。

好把新詩唱酒餘。故鄉風味有鱸魚。

得閒莫昧乘時樂。應識人間是寄廬。

例封恭人蘇老伯母黃太恭人德帏

毛義是佳兒捧檄風膺安邑篆

林宗表賢母秉蜀終愴南州心

世愚侄劉文元寧子一駿拜輓

紫府悵還真未遂摳衣懇範式

渠曾經卻印休將捧檄話毛生

湯誼侄左宰捷恩拜輓

刼後餘吟

栖雲氏手稿叁

兎石（在御使之東南隅）

東南一怪石。如兎已毰毸。非詢何代物。

只說是山君（罕）。形貌雖曾具。威聲實未聞。

面前容走兎。背後翔飛鳶。作見能搖魄。

如真常出雲。若知炊可飯。早置甑中焚。

鳶石

是石爲吾鄉獨一勝景，前人未加吟詠，未免辜負之云。爰賦七律一章，並寄感慨焉。

誰將此石說爲鳶。留得異名千載傳。
展翼豈真窺綠野，低頭未必怨青天。
冲霄有志終虛願，遁世銷聲亦覺賢。
永愧量才逢國難。與君相伴伍林泉。

教育二绝

能將教育育群英。申甫何愁不再生。
試看人間餘廢鐵。一經炉治便成精。

取法於上僅得中。師資学問貴淹通。
未應引用濫竽者。狂教先行誤小童。

送炳南兒入校

八年膝下共閒居。今日公然見讀書。
要語叮嚀惟努力。莫教荒落類於余。

苦熱

匡床苦熱夜橫陳。解卻羅衣現此身。
無賴姮娥多事甚。更從窗隙竊窺人。

李懷劉君邑之詩人，與余素未謀面，亦得渠惠詩四章，和余去年六十感言原韻，因再成四絕奉之。

六甲初週憶去年。曾將俚句寫吟箋。
黃花已是過時物。蒙賜和章又四篇。

三年沈約賦郊居。未把從前結習除。
終日茅堂無事事。行吟而外只攤書。

無端（得君詩余方在病愈時也）二豎擾床茵。兩月調停病起身。
才得彼蒼憐寂寞。還余康健締詩鄰。
曾譜伐木友生求。得友如君足唱酬。
爭奈会期緣尚吝。臨風無限仰荊州。

莊青萍來詩索和即依原韻步以兩律

為翁吟情羅釣鉤。新詩欲和轉生愁。半天玉唾風吹落。三峽詞源水倒流。學貧似我難成詠。情重如君敢廢酬。慙愧淵源忘繼起。不從風雅話黃州。

先東坡公嘗為黃州刺史

一篇詩價重金鈎。珠玉吟来能解愁。
我正窮途悲日暮。君偏綺語寫風流。
能成錦繡心應麗。詩契苔岑願已酬。
惟嘆少年閑裏過。平时未学韋蘇州。

再用莊韻自感一律

終日無聊把帳鈎。靜將經史卻閒愁。

立身未敢期高尚。製行當思位上流。

良友心知難久聚。嘉言指點不忘酧。

平生自守儒酸味。長恐家風墜隰州。

先利用公嘗為隰州刺史

暮夜漁灯

咚咚夜鼓傳初更。數點紅光遠處呈。
正訝天低星近海。那知漁火水中明。

清早鳥吟

山人無事好吟詩。素性偏教小鳥知。
每聽學吟庭畔樹。恰當清早五更时。

莊青萍辭穎濱小学校教職詩來告別依元韻再和兩律

一肩行李伴隻鈎。說到生涯我亦愁。
救口料粮憑究管。持身勵志尚清流。
詩工翻覺窮成例。品重應知價莫酧。
去去無須戀此席。鵬飛萬里望高州。

（君佩入補並之）

鄉味鱸魚早上鉤。不妨藉酒浣離愁。
文章自是千秋業。身分相期第一流。
話別未圖三日醉。臨歧空索兩詩酬。
知君筆陣千軍掃。未肯才名讓柳州。

燕市吟用莊韻

悔把黃金滿百鈎。携來燕市買離愁。量才難遂封侯夢。有淚空為落魄流。傲骨未甘因困貶。高官原待有錢酬。杜門擬候歸來後。愧說行踪徧九州。

荒江垂釣 用森韻

煙波一舸獨垂鉤。不惹人間富貴悲。
釣得鱸魚趁晚市。移將舴艋泊清流。
既無官牒催逋負。又有漁謌互唱酬。
聞向蘆花深處醉。夢魂應不入揚州。

哭女壻楊江癸四絕

愁雲佈密暗蒼穹。甥館淒涼澈夜霜。
最是傷心憐弱女。淚珠如雨洒東床。

負累如郎病苦纏。況堪子女喪連年。（去年喪一男今年又喪一女）
而今掙出塵羅去。知與還生未肯還。

女兒夫婿最情深。貧苦未聞作怨吟。
造物何心頻肆虐。雙珠奪後奪藁砧。
生死遲來事不奇。後先一例莫深悲。
勸兒自拭斷腸淚。學造人間節婦碑。

見林君輸周近日來詩詞句間俱見風流作卅二律寄之

珠玉成編句不陳。讀來口角也生春。
胸藏邱壑詞能曲。腹飽詩書意自新。
白袷閒居名壽世。吟壇箴筆語驚人。
南朝至此逾千載。又見風流賀季真。

憶前鷺與共行行。回首韶華廿載更。
品行自堪師後輩。文情當耶仰先生。
兼葭洄溯伊人遠。梁月依稀顏色清。
續晤緣慳詩代訊。蘇夔有子仗栽成。[illegible]

爵星恒与曹青卿結婚，計今卅年，前因寇乱，移家堤里桂林，今春回返梓，築崇樓，為二子同日成婚，举行征詩，因依韻和之。

遥涉萬里路賒賒，泛宅元稹未種蔴。一舸鴛鴦情猶密，卅年鸞鳳禮猶加。風騷合有如賓婦，庸俗爭看遠客車。最喜華堂双玉樹，同时又放並頭花。

移家海外十年餘。營得金錢好隱居。刘阮因緣傳往昔。孟梁款客勝當初。珠婚圓歷卅週月。眉史添成一部書。堂上承懽双子婦。故鄉風味有鱸魚。

賀家晉寶兄公中郎炳輝結婚二絶

高大門楣喜氣多。况聞才子配仙娥。
華堂鐘鼓聲喧處。耀眼新妝艷綺羅。

愛河風靜泛情橈。烏鵲營煩再填橋。
漫羨裴航仙偶好。郎君緣已締今朝。

溪東閒步

睡餘閒步小溪東。滿眼枯蒲一逕通。
拄杖籐蘿生近水。點衣木葉落因風。
霜花恰好開斜日。雁字當端寫碧空。
爲聽鳴禽忘路遠。歸來不覺夜灯紅。

辛巳吉曆十二月九日跌倒死而復生因口占二絶自嘲

誤落紅塵六一年。今朝方喜返西天。
豈知未遂乘時願。欲出陽關馬不前。
本期修養住靈山。何故重尋世網艱。
只為從前差一念。不應遊戲到人間。

擬寄韋淑如盟兄（君住台，迫于敵，不能回。聞其母夫人去世。余亦殤一男。）

遙逢報斷夢難通。六載情懷兩地同。

覿面有時窺玉照。寄書無處覓郵筒。

河山破碎腸先斷。骨肉思來眼欲紅。

家國傷心知獨最。回帆為汝祝仙風。

吟和石有紀縣長與杜式祁君酬唱元韻二律

彥倫捧檄蒞邊城。風雅流傳到小生。
來就堂前登鼓响。旋聞花外有琴聲。
絃誦自古能移俗。詩酒暫時莫放情。
我為貪吟忘貴賤。敢圖驥尾附光榮。

愧無才筆寫雄文。解組還來又失群。
學問如公堪壽世，功名于我等浮雲。
餘將教養恩添厚，便見官民情不分。
環顧哀鴻猶遍野，大宏法雨仗神君。

貧女怨四絶（寄意）

生長寒门误女兒。十年待字少人知。
近来自覺衷怀惡。忍聽鄰家妬婦辞。
莫謂人言懶較論。自持清白對夫君。
雖然未試羹湯手。禮度曾教姊妹聞。

非無女伴着才名。婦德未修不算榮。
曾見機心能織錦。一經瑩行亦羞稱。
綺羅無分敢稱妍。附粉塗脂讓少年。
儂已甘心自韜晦。任人妝飾到天仙。

壬午三月一日到亡室李恭人暨娘墳觸緒悲思生賦成八絕

一坏埋玉土深深。漂渺巫山夢莫尋。
今日墳前猶憑弔。可能相見慰藁砧。

憶昔初成連理枝。入门阿母最憐而。
小心事事頻相問。大婦猶稱識禮儀。

半生伴我守儒風，養得嬌花五朵紅。
爭奈妙蓮終少子，累卿見說淚如洪。

二三姊妹尚推誠，和睦還歡意氣平。
得子望分誰氏嗣，慇勤愛護當親生。

團圞家景賴卿賢。偕老還期到百年。
誰料罡風飈夜半。亞枝梅樹折春天。
曾聞死後返仙鄉。卿住蓬山第幾莊。
告我彌留無一語。傷心尚未問周詳。

朝雲何幸嫁東坡。亦為芳卿感慨多。
狂藉詩章當消遣。詩章偏又引愁魔。
一場春夢記分明。卅載溫存說不清。
未敢姻緣訂來世。今生我已負卿卿。

莊縣元君新樓落成書此兩律賀之　卿閣設杉行

欣君築此好樓臺。兩面明窗對水開。翹首恰疑星斗近。迎眸又見海潮迴。經營曾費千鈞值。設備全憑一把才。我忝孟嘗门下客。愧無別賀遣詩来。

家居近水足幽哉。幅〻西園對面開。
暮夜漁燈星萬點。寒天風浪雪千堆。
沙鷗每日尋盟至。海舶乘時送貨來。
營造如君真得意。半生清福起樓臺。

遇劉江濱作，計四絶。（劉河南人，詩文妙。余曾見其詩文於友人处。）

相逢邂逅问分明。自说河南真姓名。忽憶玉珠曾一讀。斗山廿載早心傾。

丰彩望君眼欲穿。思君未得会君缘。而今一見成知己。江水门前好往還。

我本鷺门劫後身。歸來便覺厭風塵。
功名似蚋原嘗味。願作昇平一散人。
如君同是雪盈頭。頭上奔輪挽不留。
若把殘年補經史。名山有分亦千秋。

劉布賢者伯以八一述怀詩见示时余因北赴省吻公彌耳未和後接渠来信索和姑依元韵寫此十律　鄧政

崇门避我壽高年。梦裡摳衣尚宛然。
綺宴未叨白墮酒。華堂曾味紫蘭煙。
丰神擬似東方朔。紀事能追司馬遷。
讀罷述怀詩十首。為公傾慕轉無眠。

文譽隆隆弱冠時。家傳妙筆一枝持。
才堪治世身偏隱。政有病民衆待醫。
獨把性情窺李杜。未甘詞說效秦儀。
宅心自昔原高曠。不著形神半點疲。

白袷青衫風雅人。每從作事見精神。
承祧有譜追前漢。續讀螢書罵暴秦。
曾定會文分甲乙。不隨迷信卜庚辛。
情深最是斷絃後。未負初盟紅錦巾。

何必賢書願始償。老來作戲貴逢場。
文章既已成珪璧。中服奚須論序庠。
末世功名原贅物。先生道德有餘光。
遺經撿授後昆去。猶勝黃金賜滿囊。

彭城派衍住螺城。藜火光貽萬里程。
有志竟成鄉進士。平生不媚孔方兄。
千間廣廈遮寒畯。一片慈雲護落英。
素仰斗山思立雪。緣慳未許締師生。

厚淳情性古时風。
幾度滄桑飽眼中。
若例老彭還少壯。
固知玄德是英雄。
盈庭桃李光無限。
滿篋珠璣用不窮。
莫讓靈山稱樂土。
公家別有上清宫。

累世西賓子未更。又聞甥館響傳聲。
治長行美原承教。曼倩心清足養生。
靜砥蘭孫勤早讀。閒栽花子當春耕。
當前一幅行樂畫。不是徐熙怕不成。

相違七載見公稀。今幸塵勞遂息機。
本擬修禽圖再會。翻因倦鳥竟遲飛。
閒身雖遣惟經史。食指難删仰蕨薇。
尚喜山荊同健在。有時煖酒備維衣。

家山荊棘亂誰親。夙昔微名敢自珍。
漫説賓朋還屬我。若論肝膽未辜人。
一生常守儒風舊。九死難隨世態新。
垂後淵心儀禮訓。莫教遺教失先民。

私將白髮數春秋。半世韶光耗宦游。
報國有懷功未遂。回天無力志空留。
忘年交誼推公厚。得意詩章屬我酬。
自笑吟壇居末座。未應重演一番羞。

擬贈張靜山四絶

名成傾報遠歸來。博得身榮亦翰林。
此日酒香羅綺麗。新居爭説小蓬萊。
當年宦海我曾經。擬把徽名填漢青。
詎料搔頭今白髮。鉛刀未遂斬妖星。

河山破碎嘆中華。國脈垂危那有家。
耳目如君膺重寄。艱難隨分不須嗟。
驊騮展足奮乘時。莫讓紅標第一枝。
我與張堪原舊契。不妨將意寫贈詩。

張静山新居落成並令長君婚喜 時十二月九日

大廈落成敞綺筵。爐香靄靄綵衣鮮。
入門我將私君語。萬事人間合讓錢。
百堵紅鱗襯樹青。門迎瑞氣啟雙扃。
為何有此黃金屋。未見衾裯賦小星。

京兆遺留筆一枝。郎君得此好修眉。
明朝新婦持相問。可說家傳自昔時。
玉樹[illegible]手自栽。一枝高出現重菴。
華堂欣慶春將近。又喜梅香送酒來。

前題代二絕

歲時斷亦將經營。今日華堂慶落成。
棟宇巍峩昭祖德。故人對此劇欣榮。

誰為令郎執斧柯。三生修定愛情多。
而今預向梅花約。湯餅來年莫錯過。

前題 又代二绝

輪奐聿新大廈成。從今居處見恢宏。
忽聞吉語喧鄰右。公子良緣締淑英。

一曲梨園唱未終。新娘捧茗壽河翁。
回頭又向夫君語。河母還應奉一盅。

輓盟兄吉辛捷恩淑如上舍十二絶 君通[illegible]起。阻于敵不能回。母夫人逝世。亦未能奔喪。今春二月。卒于臺。極堪怨悼。

遠別六載望江邊。信斷東寧二月天。萬里羈身生亦苦。卅年知己死堪憐。

奈何痛運厄相如。岳老翻教殞客居。二豎豈知天亦忍。一坏埋卻五車書。

庭幃別後母歸真。客邸傷深自喪身。
此去黃泉如再會，定應悲殺老夫人。

團圓家境月中秋。未趁順風帆早收。
骨肉當謀忘諫阻。如君今自悔貪遊。

相逢廈市話征程。白髮看來早吃驚。
衹是臨歧分手日。憐君當計阻君行。
遥知荒塚草萋萋。夙昔思還夢已迷。
負骨他年携李白。可憐我亦日斜西。

師門憶昔締蘭芬。肝胆交真羨使君。
一向深情還愛我。每談心事到宵分。
無何分手為飢驅。同受飢驅路不殊。
鷺與霞陽相隔近。萍踪容易會江湖。

自從囊破〔硯〕轉鯤溟。欲到厦门必寄聲。
還棹累叨風物贈。離懷常對酒盃傾。
不堪舊事重思量。六七年華一梦長。
太息安仁才似海。于今遺篋剩文章。

携来舊杖覺心酸。物是君貽忍再觀。
此日相思無覓處。聊將遺照當生看。

游魂縹緲寄天涯。夢上望鄉定憶家。
盃酒遠墳澆不到。淚痕空自洒桃花。

三月二日積雨未晴，炊烟偶斷，抑欝無聊，感賦四絶

領得人間澈底貧。祇餘范甑又生塵。
絶粮應是儒家例，厄以當年嘗在陳。

太息黔婁命不祥，頻年八口累栖皇。
而今欲想安身計，無計能安此飯囊。

辟穀曾思學子房。憑誰檢得舊仙方。
可憐六歲嬌痴女。只說晨餐午未嘗。

避我黄金性本寒。欲圖重聚也艱難。
何如静守餓碑去。不與趨蹌尚達觀。

四月八日樓邊竹再生花口占四絶

疏枝密葉淨塵埃。說是先人舊日栽。
自我誕生居此地，于今兩度見花開。
歲寒三友羨淇園。此處合名鳳尾村。
且喜今年花事盛。群芳開後又龍孫。

稚將別號贈修篁。
拔俗清高妙淡粧。
前度蒙君來示兆。
果然冠劍儼翠堂。
淩雲素抱志相同。
將會靈山夢未通。
今日重臨應有意。
不知何喜報衰翁。

前咏竹花詩，自念才疏耳，遂喜無從來，因續吟四絕寄慨

素秉生性類蜉蝣。一自閒居又七秋。
欲向夕陽商出處。班超發白愧封侯。
花神昨夜下瑤臺。瑞報端催鳳尾開。
笑我疏才無妙腕。憑誰招得福星來。

韶光六十類輪奔。幾個長年百歲存。
倘使天心成晚境，斜紅底事近黃昏。

未來富貴漫相期。天命在孤孤有兒，
老去而今無別願，祇求還我少年時。

久旱

陽烏如火煅空中。民命垂危植物同。
豈是乖龍仍錯誤。料因旱魃未疏通。
甘霖價重金難買。大地泉枯汗亦竆。
何靳恩施辜衆望。此言我欲問天公。

歧途自嘆

自放清高学散仙。任人指摘笑瘋顛。
江淹還有吟詩日。劉尹尚餘吃飯年。
到處看山驚歲改。逢場結客不讓先。
近來畧受黄金累。未了方城一段緣。

感懷兩律

牢愁似鐵打難通。滿鬓堆霜煖不融。
歲月何心推老態。乾坤無意造英雄。
空教末路經千劫。未許長風借一逢。
我對蒼蒼還有問。生才何故坐詩窮。

花樣翻新舊俗移。愧無靈巧学趨时。
年高徒博先生號。行檢常教後輩嗤。
客至閒棋消一局。愁来濁酒溉三卮。
劉憐佩劍相隨久。待化蛟龍未有期。

時雨一律

瀟瀟久不聽梧桐。今日剛逢癸運通。
晚稻蒙恩猶可活。涸魚得水未終窮。
霑來雨伯崇朝惠。勝却農民累月功。
旱魃無端罹衆怨。造成美譽與天公。

午後樹下閒步

樹下行〻聽鳥啼。抬頭深喜得詩題。
芭蕉葉麗風格靜。古柏陰長日轉低。
地俯青蒲常帶潤。水酣香稻恰初齊。
數枝榆莢疑當用。也結閒花長一隄。

寄家白山弟並勉共学成大器二律

曾讀新詩羡逸才，前身疑是住蓬萊。

胸羅燦錦綵螢色，詞類鮮花筆與開。

重毋謀多能復國，（君父弟九人惟君能復先業）

晉甯学篤果成材。

吾宗文運闌珊甚，幸有君賢継起來。

顏子家貧学不違。聖门十哲首傳衣。
清心未許塵囂雜。識意先徵物慾稀。
畢竟玄關窺秘鑰。果然至理達神機。
勸君力步前賢後。富貴人间亦细微。

輓盟兄杜唐印陶俊士八絕

二豎無端抵死災。聞君西逝我心哀。
行年六七非長壽。也把殷楹夢過來。

大腹便便富典墳。奈何天更厄斯文。
東寧回首猶餘恨。（去年七年君來我台灣）舊侶闌珊又喪君。

（君長余四歲△同月日生△又同隸王師門下△）

入世平衡四載遲。生同月日事同師。

曩時車笠盟言在。何處重尋杜牧之。

（去秋九月在邑△同學辛君盛邀△）

綺宴叨陪記去年。閒来樽酒抓盤旋。

那知小别成長别。一面尚慳最後緣。

厦屋渠〻羨幹才。芝蘭葉〻手親栽。

螺陽佇有知名士，半出王通門下來。

学校善堂布置頻，危橋險路仗維新。

婆心好種如來菓。未見逢人說苦辛。

卓卓事功載口碑。況兼古蹟著新詩。
而今行滿道山去。留與後人話夕曦。
照水奎星分外明。九泉知是重儒生。
哭君我轉為君幸。此去應逢鼓樂迎。

桃花源四绝

夾岸桃花春自紅。萬山環抱一溪通。
當时若不來漁父。秘密村莊誰漏風。

鷄犬相闻自一村。林泉佳處说桃源。
不知源上春三月。可有紅花尚滿園。

多少田園不納官。山中春煖不知寒。
落花莫遣隨流水。洞口封雲問路難。
莫數胭脂雪後開。一輪月共避秦來。
此中花月供閒適。莫管人間幾劫灰。

贈鹽務主任林長煌調任堤邊四絕

載來甘雨惠群民。聚首經年情又親。

無計長留君作倅。臨歧分手劇傷神。

隆隆爆竹送行旌。也見斯民擁戴誠。

此去玉堤祇十里。夜來月共一方明。

如君醫吏算中堅。問歲剛逢錦瑟年。
今後輕車依熟路。不慙奏績讓人先。
好官載道說声声。更有人呼台伯稱。
一例恩施無異樣。前途合再受歡迎。

寄怀漳郡福建新报主编宗白山弟用林济周送别韵四绝

離亭分手值深秋。知己倍添別後愁。尚喜文名昭棣似。果逢遠道致書求。

一鞭遥指唱南征。计里路須三百程。別遠惟期功布早。故人洗耳聽芳聲。

賣文文士亦生涯。庾信當年曾起家。
才学如君兼口慧。不愁錢樹不開花。
長夜司更仗使君。人间囈語尚紛紛。
一聲打破迷離梦。木鐸尼山今又聞。

春日書感四絶

滿園春色紫兼紅。萬物昭蘇闹化工。
我亦逢春同物類，如何依舊此衰翁。
柳汁難滋白髮青。春風回首幾曾經。
年来未改攤書癖。日手殘篇坐小亭。

春到家家話種田。聽来此語劇凄然。
地權統被黄金奪。只有賸餘一角天。

坐愁六載又春明。太息蒼天未厭兵。
烽火近郊頻示警。不知何日是昇平。

獨坐無聊每吟四絕寄慨

志氣昂昂憶少年。思將隻手撐頹天。
而今白髮窺明鏡，照見今生已了然。
飄忽流光類轉輪，形容無復舊時春。
敢期天意憐衰朽，枯葉重霑雨露新。

營計難刪食齒繁。多情合說是前冤。
自憐夙昔忙推解。侘傺何人念舊恩。
起舞聞雞奈老何。愁來翻作病維摩。
煙雲布密悲宗國。破碎河山滿淚多。

咏蓮寄意步家玉山之韻一絶

未許六郎貌比真。頻年芳躅住湖濱。
知君賦性原孤冷。不羨人間富貴身。

又步咏螃蟹寄意之韻一絶

別號螢腸失主持。不思矩步但横馳。
任他隻眼高如許。釜底揚湯定有時。

春日曉望兩絶

春風送暖到茅軒。曙色初萌鳥語喧。
睡起登高閒眺望。朝煙如水浸荒村。

晨曦斜照海鋪金。十里靜風浪轉沉。
迎面群山青點點。天然圖畫見於今。

晋北訪友經河市新塘嶺双髻峇山路中共[illegible]

世上煙雲眼倦看，六年前已卸征鞍。
豈知未了風塵債。又有今朝行路難。
小〻村街河市名。松篁廿里傍溪生。
洛陽到此無歧路，只好循溪逆水行。

步入市區路轉西。依山菓樹有鳥啼。
途邊野蔓鋪茵似。徧遺石珠礙草鞵。
登高盤嶺過新庵。路上行行想再三。
此去故人如不遇。入门有话向谁谭。

果然主客会难期。跋涉空勞悔覺遲。
尚喜士行賢毋在。留賓别館酒盈卮。
座中共醉有延陵。說是牧之（主人姓杜）舊友朋。
此日相逢同作客。俾余一夜到晨興。

躡屩層巒上極顛。峯頭双髻伴神仙。
料知未即升騰去。尚有人間未了緣。
山環水抱土田肥。地僻居然與世違。
鷄犬桃源今再見。有人到此幾忘歸。

薌江旅次感吟四絕

梅雨連朝濺客旌。寄踪逆旅劇淒清。
多情最是薌江鳥。时向簷前報晚晴。

風塵卅載倦征鞍。何事垂髫行路難。
為念年荒營活計。怕從蔽水起波瀾。

人間色彩讓黃金。採我行囊感慨深。
滿首蔡花羞白髮。鷓鴣栖藉苦難尋。
白雲回首盼家鄉。歸夢還虞道路長。
暮歲自憐身遠寄。忍吹愁竹動山陽。

浮屬哭妻波侄四絶

有誰頭角汝峥嶸。一手工夫木業成。

詎料行年才十九。巫陽偏不許長生。

離家同是客中身。猶子呼來情又親。

一死頓教阿伯慟。燒茶買酒仗誰人。

愁來屢次起怨謌。無限傷心奈汝何。
追遡墳前誰麥飯。歲時知汝餒時多。
墓門揮淚吊斜曛。如此青春撒手遺。
況我衰年逢逆旅。埋憂何處總難知。

鄉思兩絶

遠望遥途疊疊山。身居異地類孤鴻。
如何一片鄉閩月。也伴離人到此間。

家近萑苻夜警頻。懸賞妙計剪荊榛。
此行我亦傷飄泊。故里難容作散人。

別籐簟二絕　邸中籐簟，卧未几日，溽暑中，忽被主人取布內室，因作此別之。

客邸床當木板眠。祇餘籐簟當鋪氈。
誰知半月宵同夢，又去深閨伴少年。

世界炎涼話豈虛。見捐秋扇鑑前車。
漫夸此日蒙欽寵。時去何人伴起居。

大雨未晴歸途不得口占二絕寄家白山楊清如二君

無限鄉心不斷愁。生涯老去更難謀。

歸途翻遇連朝雨，（濘地泥滑）道路而今類潑油。

放懷只好任天公。冷煖人情處處同。

尚喜異鄉稱莫逆。有君相契與楊雄。

賀家鵠弟新婚二絶

錦瑟年華艶出群。繡幃春暖綺羅芬。
不須更作孤栖夢。已覓元霜見小君。

合巹何妨酒並酣。宵來解醉有双柑。
知君無限相憐意。剥到鷄頭恐未甘。

家白山書來，云已告報畢而就海澄中校教職。余亦將以遠役被盜，及別後相思之苦告之，因草成四絶却寄。

一紙書隨南雁來。知君絳帳已重開。
馬融原是傳經者，桃李春風到處栽。

不受蟲冠王者名。自甘教育育群英。
他時東國鈞衡輩。儘是河汾门下生。

飄泊如余路几千。清風兩袖識歸船。
誰知君子来梁上。索到鶉衣不值錢。
愁来無語对茅窗。嘈雜村囂任吠尨。
惟有君情拋不除。夜深時又梦鄉江。

遠道初還家無粒穀自慙苦困寄慨四絕

宦海遨遊略識津。也曾忝列大夫身。
而今更遇在陳困。慙愧當初負牧民。

瓮甑蕭條正自嗟。那堪兒女餓呼爺。
人生辛苦尋常事。爭奈累添八口家。

滿架六經舊史書。閒來每日課三餘。
爭傳內有千鍾粟，實事搜尋又子虛。

愁（秋）風料峭覺衣單。人到窮時事事難。
古有神醫推從柳，也應醫術從飢寒。

悼亡室楊韻清恭人八絶

夢醒炊臼漏声残。綉閣風涼澈夜寒。最是傷心人去後。空留遺影在人間。

舊時情分最深匚。今日行踪渺莫尋。我已暮年卿更去。有誰眠食替關心。

鷺與同遊滿七年。西疇南畝一身肩。
爲謀國難全家飯。累汝纖纖学種田。
旬日匆匆判死生。病中話我語凄清。
洵情遺下三雛燕。只恐無人替養成。

歿後蕭條殯薄棺。一思辛苦每心酸。
憐所嫁得黔婁婿。枉說而夫亦服官。
粧臺冷落易生悲、況有遺雛索乳啼。
夜半兒飢啼不住。聞声真是斷腸時。

有才無命奈卿何。二十年中瞬息過。
回憶當时同患難。而今無復汝情多。

何來二豎破情天。死後應無病再纏。
似我窮愁生趣少。那堪冥路讓卿先。

臨行別幼女阿錦二絕　十一月十五午往漳

頻行相對覺悲生。小小憑誰負養成。
為女傷心為女計。最難離別此時情。

自從母死總依爺。說是賠錢愛未差。
往日提攜成習慣。那堪別女去天涯。

客途思念兒女二絶

長途跋涉客身單。旅館風涼睡未安。
爲着謀生輕一別。思來兒女倍心酸。

支頤獨坐月西斜。幼女牽怀时憶家。
遥想今宵依姊睡。醒时索抱定呼爺。

感推薦上吳興陳留青四絕 陳吳興人曾任金義女婿

愛我知從姻婭來。素無建樹敢言才。
黔婁身世誰憐惜，獨見先生青眼開，
多謝春風口角吹。果教枯木轉生机，
受恩自嘆侯嬴老，报効未曾髮已絲。

市井紛〻酒肉朋。翻將肝膽讓書生。
知君曾讀荊卿傳。喜替窮人抱不平。
我本鷺江劫後身。衰年尚未了風塵。
而今無限傷飄泊。知己如君有几人。

滬寓遇楊清如聞渠將遠感賦二絕

同是離鄉同客身。飢驅一樣走風塵。
平时脉脉相憐意。今日重逢倍覺親。

聯床風雨醉盃羹。聽唱遠歌恨轉增。
我正来时君欲去。有谁相伴夜谈燈。

嘲漢奸

重視金錢失遠謀。甘心走狗誤神州。
憐他一樣鬚眉者，倒把阿爺認寇讎。

代贈青年從軍

倭酋釁端起禍胎。復仇雪耻仗君才。
揚勳舊有凌煙閣，得志功成及早來。

客中除夕四绝

寒風冷雨覺衣單。臘鼓声中歲又闌。
我本有家還未得，只將書札報平安。
魚蘇菓肉遍街陳。婦女家家買賽神。
日月當新新人事。客中愁煞未還人。

满城爆竹响声声。簇簇新衣耀眼明。
门外看人还自看。不如人处只治生。

未應除夕客天涯。無若风尘计太差。
难诉穷途知己少。夜阑谁共话心茶。

月夜旅次聞笛二绝

獨坐無聊對月明。誰吹橫竹夜三更。
離怀常貯依人恨。怎奈凄凉又此声。

無限鄉心月下生。况堪留語太凄清。
聞他斷續声嗚咽。一片悲酸倍惹情。

梦先室楊茶人二绝

曾扣墓门扣不開。曾思尋訪到天台。
誰知一霎華胥梦。見尔姗姗從外來。

經年未再見梳粧。兆寫相思恐斷腸。
我自緣慳卿命短。相逢梦裡語难詳。

閒留董事，採首街頭見鴇母水仙花處，群妝擁客弄妍，恬不知耻，因口占五言二絕寄慨，

三五小嬋娟。朝朝伴散仙。如何忘愧耻。祇是爲金錢。

賣笑豈生涯。爲謀實太差。問誰供白飯。說是水仙花。

城頭独立二绝

城頭獨立起慇詩。東望扶餘感慨多。我亦舊時稱俠客。可堪國脉任消磨。

擬將樽酒破深愁。烽火傳來惱又羞。劉峰翁鯨量七首。等閑坐白少年頭。

勝利夜感吟二绝

一電遥傳勝利來。全民聞報笑顔開。

老夫豈外人情者。何事淒涼矯[猜]自哀。

但念衾裯舊侶隨。平生愛國勝鬚眉。

而今同苦未同樂。觸起傷心只為伊。

游獅南山寺口占兩首

仰止亭中半日遊。大仙岩上兩勾留。
今朝又到南山寺。名勝鄉江一攬收。

極目西南一片青。家家菓樹富收成。
腴田萬頃三春候。少見農民叱犢耕。

勝利後到廈口吟四絶

舟到鷺江喜欲狂。繁華依舊屬春風。
民稠元氣應無損。撐育但須半載功。
別却鴻山瞬八年。而今重履虎溪煙。
過江人士多於鯽。半爲功名半爲錢。

行李執携返故林。門庭如舊物傷心。

琴書羅綺黃金飾。盡入盜窩沒處尋。

掃室淨窗去積塵。琴床書几購重新。

有錢件件都容易。難買當時共難人。

楊氏妻已死一年

民卅四年十月返家十一月再到漳州除夕作卅四俚句

一月家居又出遊。兩年除夕客漳州。人生踪跡浮萍似。湖海飄零到處留。寄旅異鄉百不如。況堪歲晚囊空虛。聊謀樽酒消長夜。檢點行裝勝數書。

入夜沿街灯火红。家家醉饱面春风。
剧怜孤客还乡梦。又阻江潮未许通。
儿女思亲应嗟嗟。阿爷今夕寄天涯。
薄田数顷饶衣饭。压线频年计太差。

代賀郑君與黄女士结婚兩绝（郑憲兵畢業）

知是蓬萊同降生。婚姻兩字有前盟。
而今領略夫妻味。莫妬人间兒女情。
卸却戎裝换綵衣。合歡堂上有新詩。
昇平將士原閒暇。對將鴛鴦恰及時。

抄賀家敬遠遺腹孫結婚一絶

天留一脉繼蘭枝。遺腹誕生福慧兒。
今日婚成翁又健，含杯應憶抱孫時。

李長和灯店索贈書此應之

六面玻璃鐵裹成。宵来篝火最光明。
知君別具匠心巧。留得工夫照滿城

去秋九月還自御江兄示醜跳梁化導蚩方自嗟四绝

家住丘鄉嗟未停。今朝蜺蜮見真形。
蚩方化導思韜晦。省却庸頑眼上釘。
卅年作客寄（鷺）江邊。不想移家計亦難。
故里已蚩乾淨土。未應株守太拘戀（牽）。

聊把琹書伴曉昏。莫教座上列（来）王孫。
閒人自有閒消遣。要鳥弄魚靜閉門。

半畝黃花應候開。淵明當日手親栽。
呼僮及早行沽去。莫使今宵負酒杯。

遊春八絶（時春花未寫）寫意

尋春忘却路迢迢。春在桃花枝上摇。

一簇紅濤頻起舞，不知作態為誰嬌。

野花和露點胭脂。春色林間見幾枝。

我運若隨春令轉。與花同艷不嫌遲。

滿溪煙柳類西湖。別有丹青勝畫圖。
羨煞前山春最早。一間廟宇萬花扶。
移杖花前憩石欄。春風拂拂不知寒。
同來還有尋春客。也把林花仔細看。

步入廟门静不嘩。二三老樹尚栖鴉。
私心拟向维摩祝。歳々春时得看花。
出庙行々溪畔来。玉梅孕雪趁春開。
愛花未忍輕攀折。欲折一枝費细裁。

来自匆匆還轉遲。艷香如許忍分離。
故園此後添春色。合向花神乞數枝。
棹頭平視日斜西。春景當邊還路迷。
但認桃花隨水返。吾家門外有長溪。

刼後餘吟

棲雲氏手稿

寄勉家白山弟並自傷風塵四绝

昨宵偶檢舊詩篇。猛覺別君月兩圓。

非寄相思難下筆。不知何日是先旋。

客路迢迢萬里程。一枝斑管一書生。

此行好把思親淚。感動當时舊弟兄。

萬惡金錢慣弄人。不如舅犯寶仁親。
知君富有真珠玉。未肯貪饕累此身。

風塵如我合違休。一飯誰為白髮謀。
忽見返哺林上鳥。鷺江有水總添愁。

白鶴路家聰淑先生新購別業印景並以贈之

高大门閭署尺園。四圍花木自成村。巖光映戶輝屏陛。野味助餐得菜蓀。儘有市囂喧不到。別尋愁累樂常存。羨君生就清閒福。能買蓬萊置酒罇。

兼旬大風雨

时若雨暘不古同。兼旬大雨继狂風。
萬家瓦戦声摇魄。一電雷鳴勢破空。
植物早淪田以内。農功全壞水之中。
哀鴻徧野天難问。半壁東南民力窮。

哭遞新塘陳姓大姊二律

五月病殘未喪生。誰知今日赴瑤京。豈真青鳥來催宴，但見婺星遽隱明。內闈也當賢母在。前途合有姊夫迎。黃泉此去逢爹媽。爲道風塵老未停。

家運凌夷少弟兄。惟餘阿姊最關情。
遲歸為卜簷前鵲。多病累添佛座燈。
一死那堪思骨肉。三生何處覓真誠。
他時重過新塘里。誰復迎門喚小名。

新夏

微雨滌新暑。清風入靜軒。
閑聽鶯在樹。欲醉酒盈罇。
閒涉園中趣。懶尋野外春。
一枰聊遣興。未可滯晨昏。

有感

當时裘馬自翩翩。酒喚楼頭舊少年。
足跡遨遊周海内。交情肝胆出人前。
身經閱歷達平淡。事到艱难學放顛。
卅載豪名消歇尽。老来剩有讀書緣。

傷老

甚矣吾衰也。風前一盞燈。

觀書忘記憶。任事失聰明。

素少經天畧。空餘愛國誠。

自慚功未立。敢望死留名。

相思樹下戲咏

幾枝閑樹倚樓栽。名號相思尚費猜。

葉細[翠]定知新雨潤。花多偏待後春開。

能棲野鶴還高處。不任雕梁亦細材。

修竹在傍應笑語。如君評判足詼諧。

過怡山亭見舊壘樓臺新口占

誰家遺此舊樓臺。半載修成画彩來。
我個清姑隨佛化。数畦香菜並花栽。
迷墻築在鐫青字。餘地鋪金淨綠苔。
我為尋朋經寺外。一時掉首拜蓬萊。

蒲节日怀家白山

桑梓谁堪语。知心又遠颺。

良辰三斗酒。清夜九廻腸。

我愧凌霄鶴。君原大海龍。

相思情弥切。信勿滞他鄉。

暮歲飢軀口占

飢來豈計把風餐。氣餒長途淚暗彈。
病馬何堪重任駕。破舟無可再行灘。
人如枯木終還腐。心滌涼泉早自寒。
寬孽未生休再續。螟蛉誰念蜾蠃難。

闲门

闲门非谢客。賢圣日相親。
悟得無言句。尋来妙句頻。
茶香常自品。酒醉不知貧。
世味涼如水。觀書勝詣人。

鄉江遞皮寄慨四絶

曾携書劍走風塵。眼底滄桑閱歷頻。
此日還來問鄉佬，一回嗟嘆一傷神。

家法煌煌譜諜存。先人垂訓有卑尊。
如何小醜司鄉政。累次亂宗叙禰孫。

野狐三五締同盟。整日呼盧鬧酒兵。
飲慣盜泉忘愧赧。公然梓里夜橫行。

物與民胞本素心。未甘桑梓任浮沉。
狂言每為傷时發。誰信綢繆未雨陰。

舊屋重修再懷亡室楊氏四絶

侍漏堂前事已非。當年滿室雨霏霏。
牛衣七載同甘苦。誰信逢山去不還。
春風習習又清明。兒女呼來墓上行。
淡酒紙錢將我意。一坏宿草最憐卿。

憶前賃廡鷺江邊。曾把姻盟誓指天。
豈限深情還愛我。不聞絮語怨衰年。
菱花人去倩塵封。半幅遺容尚舊妝。
卅日相思聊一瞥。不堪重檢嫁衣裳。

見竹三侄挈眷南遷作此兩律以表慶幸

千里龍駒務遠行。財神又向馬前迎。
添来鳳侶還棲穩。座侍蚌珠兩顆明。
還掉幾人能遂願。抬（凝）頭（眸）見汝喜難名。
老夫已失文通管。風雅吾家待繼承。

環繞家園舊竹林。一枝羨汝最森森。
漫云風具凌雲志。且喜能存抗日心。
任事不妨持勁節。逢人只好讓清陰。
門籬管理循先訓。莫使荊榛着着侵。

見竹三侄南旋醻神并爲其母夫人八秩稱觴感吟四絶

萬里遨遊筆一枝。還從海上載西施。
成行子女腰纏夥。知是天憐節婦嗣。
憶昔誕生五十天。而翁蚤祿赴重泉。
一担辛苦愁和淚。除却慈親誰代肩。

長大能知菽水需。乘風破浪海西隅。
片帆直入蛟人國。探得驪龍項上珠。
此日榮還備慶神。前將卮酒壽萱親。
名成達孝彰先德。愧我終成涼德人。

獨对残陽

獨对残陽感不支。聲闻梟獍倍凄其。
痴心曾作鳳麟視。末力空嗟牛馬疲。
夢裡未忘垂老恨。死前焉有解憂時。
悲怀固結誰堪語。只有楼頭夜月知。

為愛一律（寄意）

為愛芳蘭與桂枝。誤将榛莽植门闾。

格来野鹜分鷄食。鹰到鳩巢雜鳥啼。

数度滋培花未見。幾叢遮出户全翳。

明知若用心難想。我亦人间澈底痴。

抄寄家碧津弟兩律

共隸眉山共愛詩。詩才自昔羨王維。
君能博学兼修福。我誤聰明悔不癡。
四海輪蹄空閱歷。一家棣桴失追隨。
近来無限衰頹意。未居年華待補支。

世路荊榛漫怨嗟。樵漁而外且栽花。
愁當滿腹惟沽酒。友是知心但品茶。
姓字任人牛馬喚。文章敢自鳳蛟誇。
平生恨少遊巖處。便得清閒勝在家。

獨夜感吟兩律

一穗残燈夜雨時。傷心人剩滿頭絲。
綺羅舊梦知難續。寃孽前生未晰疑。
卅載風塵憐我老。三餐菽水待誰施。
牽怀緣有孤鴒在。累得蓬山返棹遲。

記曾嗣續續螟蛉。課讀課工又課耕。

一病為她悲欲死。全肩累我負非輕。

家風繼起思綿續。婚願初完慰向平。

誰料癡頑忘德報。頻年牛馬眼中釘。

在厦遇張耀庭誼侄寫此四絕留贈

崢嶸頭角見成童。愛爾聰明文字通。
今日重逢應一笑。張堪更作陶朱公。
平時禮義未曾愆。常把尊親事老年。
祇是衰翁才已盡。愧無学問長君賢。

獨將一幟樹長城。十載商場拼力爭。
未分持籌稱上將，也應三徙始成名。
堂前玉樹發三枝。上有萱親下有兒。
俯仰待哺需汝甚。操舟莫失順風時。

料理行裝四絶

料理行裝意黯然。家居未久又呼船。
雲山疊疊迢迢水。垂老江湖何日還。

一曲驪駒取次謌。一生清福並消磨。
非無沈約郊居志。奈負風塵債太多。

也曾七載返蓬廬。平子身閑累未除。
為看飢寒兒女計。几回嗟嘆又登車。
屈指光陰過六旬。有誰菽水慰晨昏。
臨行一把離鄉淚。洒落征衫尚血痕。

十月九日渡台舟中作

卅年魂梦想鯤溟。待到今朝才起程。
萬里晴波供遠眺。半規新月伴宵征。
年衰未減遨遊興。詩瘦能傳風雅情。
自念此来萱別歎。只緣白髮太分明。

梧栖啼吟乙絕

梧桐枝上鳳凰栖。號比鳳凰命不齊。
自嘆天涯淪落客。此來又值日御銜西。

又聞謗一絕

琵琶聲怨曲亂哀。彈唱離筵樓外來。
離別凄涼還自淚。傷心一樣合相陪。

台北市口占四絕

聽得居民告語真。東寧島與七鯤身。
河山改隸應未願。此日仍還舊主人。
地著繁華設備全。劇場酒肆遍街廛。
酸儒不是揚州客。欲找平原未得緣。

整日栖皇眼倦開。攜將襆被自安排。
夜闌正擬華胥去。又想家仰兒女來。
六十年勞未息机。甘心傀儡任牽綠。
彼蒼果有成全意。遂得安閑又几時。

基隆濱町即景

群岫紆迴障海東。造成要港與基隆。
帆檣畢集風來穩。貨物多從水運通。
岩樹重添新雨翠。野花爭唱滿江紅。
漁民千百利源厚。也佔鯤溟一角雄。

寄意一绝

二三红白手親栽。别後凭谁爱護来。
為念枝柔葉又弱。那堪方長失滋培。

独夜怀故盟兄韋淑如一绝

知交海外几人存。垂老傷心日易昏。
密计此来经信宿。尚餘死友未招魂。

基隆苦雨四絕

六尺行縢一只旌。兼旬阻雨滯濱町。
天涯寄旅無家客。添上心頭恨幾層。

別久陽烏未得看。寄書無處問平安。
自從瓦响驚心後。聽到芭蕉夢亦寒。

無限淒涼客邸身。那堪儘日雨殷勤。
也知此意同投轄。爭奈留人轉惱人。
坐對寒燈一喟然。宵宵滴瀝聽窗前。
憑誰煉取媧皇石。付與基隆補漏天。

冬節夜作于台北旅次

蒸[冬]祭頻年未告誠。誰知今又寄東瀛。
勞生自久閒居福。閱景倍添故里情。
客地霜深愁易入。寒天宵冷夢難成。
思量取醉糟邱去。街鼓宣傳巳二更。

台北劍潭二绝

佩上腰間歷几年。英雄末路更相捐。
一潭涼水横秋氣。夜夜寒光尚灼天。

久蟄泥中未化龍。當年斬馬住上方。
興怀往事真惆悵。獨立橋邊吊夕陽。

圓山紀遊四絕

曾隨明輦到圓山。紀勝誇功笑日頑。
兩只銅牛逃不去。雨時又見淚潸潸。
紛紛灯塔兩邊排。灼火燒殘剩劫灰。
噴水銅龍終器小。未嘗化雨及民來。

搴裳拾級步山腰。棹首街南路未遥。
萬樹陰翳天將暮。層層蒼翠入雲霄。
還時沿路覓詩題。動物園中百鳥啼。
小立崗前看大屯。黃金徧野稻初齊。

旅次感吟・律

三月忙劳硯未安。飄零海外一身寒。
此生自覺多情誤。入世深知吃飯難。
天亦何心加桎梏。人常因食起波瀾。
而今擬践林泉約。權把飢寒累釣竿。

基隆仙洞二絶

聞來此洞覓清幽。石壁開闢記幾秋。
畢竟神仙偏有福。東寧又佔好山頭。
地近市區幸有（是）山。劉安取次列人間。
別闢咫尺蓬萊路。付與村民自往還。

苗圃五言六韻

隨杖入苗圃。百苗欣且榮。或稱他國產。
或謂故山生。剡木詳編號。分畦各記名。
青疑雲並染。翠見雨初晴。樹雅風添韻。
花肥味轉清。迄今新藝術。未必橐駝能。

台北與玉中弟同飲口占二绝

同氣連枝骨肉親。相逢海外見情真。

酒闌共指白頭笑。一樣絲〻垂老身。

家山別後兩分飛。得奏塤篪願未違。

果使夕陽思返棹。定應視息待君歸。

臺北博物館五言十二韻

地大物應博。分茫各彙生。洵知搜集夥。
此館尚堪稱。虎豹熊羆鹿。蛟鰲蜊蛤鯨。
倘非窮山海。那得任盱衡。古劍和錢幣。
周彝及漢琮。昔聞遺老語。今始見分明。

況有鼠蛇類。狸貓與雀鶯。又觀靈異物。
猨狖並猩猩。同是乾坤育。平时目未經。
偶然與我遇。往往不知名。今見此间物。
列陳富且宏。其中諸鑛產。又足飽雙睛。

清明旅次感言

才傳春信至，倏忽又清明。
白髮因時長，離愁獨夜生。
東風懷故土，飲水憶先塋。
我欲家山去，長江萬里橫。

春暮客感

不趁春還返梓桑。天涯獨自滯行裝。
也知病骨同秋草，已覺衰年近夕陽。
客裡無聊思學佛，胸中有恨寄鳴螿。
誰憐七十龍鍾叟。又為飢驅到此方。

還期在即擬寄家西山第四絕當作留別

為着飢驅海外來。多蒙慰藉愁心開。
感君未忍別君去。說到別君倍覺哀。
無限淒涼悔此行。彼蒼偏厄到謀生。
年來自覺衰顏甚。吳市簫吹賸尾聲。

萬里家山一葉舟。異鄉未便再勾留。
交称肝膽近來少。非覓如君恐未由。
雁陣分飛已兩年。未疑此日又盤旋。
人生離合原前定。留取他時再會緣。

臨歸再呈家白山弟四絕

頻年浪跡逐江煙。又泛東瀛萬里船。
翹首白雲親舍遠。客囊羞澀剩詩篇。
風翻旅館夜生涼。垂老飄零兩鬢霜。
落魄自憐艱一飯。忍吹愁竹動山陽。

鄉心鎮日拍潮飛。劇憶來時願已違。
寄旅無聊還亦得。桑麻作計未全非。
阿連愛我勸加餐。無限深情海樣寬。
此後家山明月夜。思君應比別君難。

遊奎山次仙公洞口占

一路岡巒會此間。直將領袖讓奎山。頭銜未署群峯長。座下先看列嶼環。似是蒼龍胸入海。披來綠鎧自當關。能開洞府雲根裡。留住神仙未肯閒。

濱汀晚步

斜日澥邊遊。漁船釣網收。
天高看遠鶴。波定浴閒鷗。
倚石發清嘯。臨風得早秋。
還來吟未竟。新月露全鈎。

去年來台家書達寓中怨我其誣爲已死今日攜裝北返家門在望喜而有作

遂得生還喜欲顛。度公風順好歸船。
癡愚怨我雖誣死。福壽憑天任訛言。
掉返定勞親友問。衣衫恰愛子孫牽。
荔支此去逢初熟。屈指離家未一年。

還家後挈兒女往視亡室楊氏墓感吟二絶

翼折鶼鶼苦命乖。料知玉骨剩枯骸。
老夫未願天涯死。欲返家山伴汝埋。

墳前兒女哭猶悲。雖謂無知尚有知。
見說阿爺還萬里。暮年眠食仗伊誰。

買棺吟四首

非買一棺備葬身，我身未死轉傷神。

不如買穀備荒年，生不悲飢死惘然。

非買一棺備葬身，萬般死後任他人。

人情紙薄已堪知，未必將棺納我屍。

我買一棺備葬身。不如衣服逐时新。
生能快樂死何知。火葬沙埋任汝為。
我買一棺備葬身。不如買酒飲嘉賓。
嘉賓與我感情深。自有墓门掛劍心。

靜夜

百鳥林間靜。微風夜氣清。
貪涼頻倚石。畏熱怕燃燈。
月皎明樹影。蟬鳴和笛聲。
一樽閒自酌。不覺到深更。

避世

避世漫云閱歷深，夕陽豈分問升沉。
讀書聊以消餘日，得意何妨寫短吟。
有水有山閒適興，逢花逢月尚閒心。
功勳早讓时人去，未許衰顏老更侵。

鼓山續吟四絶

前遊鼓山詩有到處禪林如舊識前身應是此間人之句今共風塵歷倦頗有禪門清静之思因續吟四絶寄慨

舊吟曾記鼓山篇。悟得前身亦是禪。
但念輪迴皆左道。法處忘却常身邊。
奈何逃釋又還儒。莫保生民只自呼。
終日忙勞經與史。不如貝葉誦南無。

澆漓世道賤文章。庾信生涯致命傷。
我亦賣文清況客。那堪貨物滯消場。
療飢煮字覺應難。悔把儒門宝貴看。
垂老身依何處是。一枝栖藉剩蒲團。

贈南霞美楊卿長（火載）赴垠捐資興學二律

賢名自昔仰朝宗。出國今為海外鴻。
教育熱心思起化，財星照命自亨通。
頻年德惠千家頌。載道謳稱萬口同。
愧余貧交當別贈。慇懃只藉一帆風。

一曲驪駒唱未終。又聞爆竹響隆隆。
憐他臥轍心共切。笑亦離亭語轉窮。
叔度恩波通海水。廣平秋霜數春風。
臨歧慰語惟珍重。兩地情懷一樣同。

楊國民婚後索題即賦四绝

六郎窮覷賈生才，日傍梅花坐鏡臺。
妝寫春風添逸興，一枝紅杏正初開。

天生奇傑自風流，海外繁華一攬收。
今日求凰還遠道，喜逢淑女詠河洲。

舊賦凌雲筆一枝。攜來數閱代修眉。
眉痕深淺君知否，好把春山仔細思。
閨窗取次共歡譚，手非分芳情未甘。
祇是百年來日罷，長期弋雁莫心貪。

七十二疑塚四絶

九八封堆傳說疑。不知何處瘞真屍。
奸雄臨死尤行詐。爲恐仇家報復時。

詭計如何死未更。瞞人又自築虛塋。
誤他賣履分香輩。弔盡多墳認不明。

平時殺戮罪橫天。朽骨何妨受一鞭。
聞說遺骸終暴露。只今落得臭名傳。
講武城邊落日寒。綠楊野草正闌珊。
劍餘多少疑墳在。尤見阿瞞舊肺肝。

贈楊國民赴垠二律

纔唱求凰一曲終。旋誇黃鳥去匆匆。
攜来佩劍窺非凡。挂上征帆待好風。
別後会期憐我老。當前離緒與君同。
相逢輪指無多日。遽爾分襟遂遠鴻。

二月珂鄉遇錦旋。誰知五月復南遷。
訂交自悔添愁恨。始信多情是孽緣。
臨別依依惟有淚。相看默默轉無言。
痴魂畢逐江流去。為在君先又折還。

咏枕四绝

携手床頭若故人。常將白首託君身。
老夫失意情場後。夜裏相逢倍覺親。
愛你無言愛你情。宵宵相伴到天明。
緣何歷盡悲懽事。未見人前說一聲。

領取羣生入夢宮。凴誰雅號贈鴛鴦。
仙家此物真奇怪。廿載榮枯半點鐘。
墜落人間計幾秋。平时聚首最温柔。
愛君我非私君向。入世何因作枕頭。

又咏枕式絕（爲時嫁娘作）

欲綉綾羅寶嫁箱。如何先寵到鴛鴦。
爲謀一襲增顔色。累得金鍼幾度忙。

習俗奢華尚枕衣。爭將蜀錦綉菲芳。
阿儂喜畫還巢燕。比翼羨他一處飛。

未死預言

久住人間嘆此身。聊將未死寫歸真。
蓬萊好覓神仙侶。泉壤欣逢骨肉親。
倘有詩愁傾海水。可無孽債累風塵。
平生事實分明在。留待定評與後人。

七十生日感言

塵海浮沉七十春。今朝又說是生辰。
黃花情比兒孫厚。歲歲開來壽五人。
爲着螟蛉貫苦情。誰來盞飯與盃羹。
非求一似茅容子。爭奈茅容未轉生。

不寫壽文寫誄文。（余是日作誄自祭）夕陽自覺近黃昏。
古來幾個劉晨者。及見曾元七代孫。

有酒何妨自酌斟。有詩聊以好高吟。
放懷天地風雲外。莫使衰顏老更侵。

輓家碧津君二律

門前繞道訪高明。問病翻勞倒屣迎。
飯備頓叨尊嫂惠。樽開又見使君情。
回思話別渾如夢。未分多才易隕生。
今日臨門吊遺蛻。最難忍受是悲哽。

撫棺拍手痛來遲。輓備靈前兩首詩。

卅載苔岑欽族誼。半生文字締心知。

慙無才筆揚清譽。擬寫哀章未送詞。

遥望怡山多樹木。吟魂應倚最高枝。

孀婦吟三絕　和家友棠弟戲贈原韻

自從三十喪夫時。敢向妝臺再畫眉。
妾有琵琶甘棄置。忍聞薄倖譜相思。

拚絕塵緣擬學仙。空閨獨守幾經年。
近來心似枯蠶椓。每不抽絲自已纏。

前街少婦錦衣華。常倚皮門唱賣花。
堪笑猩猩還作態。倒裝清白向人誇。

傷老一絕

齒豁唇焦眼又昏。未能隨眾學參軍。
空齋獨坐誰來往。剩有清風和白雲。

悼亡妻李淑德恭人三律

结得鸳盟五十年。一朝缘尽赴遥天。
安贫共守儒风旧。顺命堪称妇德贤。
苦汝毕生惟咳嗽。替余候日计餐眠。
每逢时盼远来鹤。望断云衢已杳然。

（楊李二氏均先去世）

彝兒亂花哭兒勳。于今哭汝倍傷神。心由嫉妒能憐我。話是家庭未告人。嗣續縱云艱一索。賢明真可付千鈞。瑶墀此去蟠桃熟。病卻應非舊日身。

記恨四絶（螟蛉不肯入訊為負渠前生債）

影藉螟蛉慰此生。誰知狼子轉無情。
廿年枉費千金值。買得前身負債名。

入世遭逢亦偶然。何曾債務負生前。
若將寃枉論酬報。倒使崔苻易藉言。

讕語謠傳未必真。問誰敢說眼曾親。
前生果有負渠債。合有前生過付人。
嗣續遲遲命寄。養來梟鏡甚人癡。
平生第一傷心事。汗血揮殘更買癡。

哭家白山弟十二绝句

同是天涯舊客身。平生肝胆見交真。噩端傳到騎鯨信。愴我情怀三十春。

苦雨凄風白晝昏。嗥鳴狐狢徹宵闻。乾坤洗浴資能手。此日何堪更丧君。

鄰里來睇實與虛。爭傳名趙玉樓居。
脩文果擢君担免。合有天皇委任書。
前月鰕生墜鐵衣。情深惟你最相思。
如何不待還來日。便賦千秋古別離。

此身原拟伴刘安。生不逢时死亦难。
今日哭君兼自哭。两人遭际总辛酸。
豈須顧慮後嗣賢。一把红旗也佔先。
聽說錦旋君在日。此情堪慰到黃泉。

鄉江鷺嶼記同遊。又共鯤江泛客舟。
廿載相隨風浪裏。蒙君到處作曹邱。

自從海外賦歸歟。咫尺樓門來往宜。
過我談心常跋燭。聞余造訪喜開眉。

有时吟嘯起風雷。繞榻龍蛇筆下來。
具此才華未永壽。可憐先我去瑤臺。

人生福壽貴难兼。有壽還須福與添。
似我白頭安享未。紅塵住久轉招嫌。

纷纭世態不平多。嘔尽心肝奈你何。
秉性隨时應軟化。莫將鐵面对閻羅。
未刪詩稿費思量。擬帶泉臺共酌商。
我亦夕陽將下去。不多时別稍從容。

癸巳九月廿五日楼頭看菊四绝

九月風高秋影亂。林園蕭瑟百花殘。
黄花别有剛强氣。獨立墻頭不畏寒。
洗盡鉛華富貴妝。無邊冷淡見真容。
阿儂同是秋生日。相对自憐兩鬢霜。

頻歲相依住比鄰。今朝黃錦衣全身。

料應常着特殊喜。來报淵明舊故人。

有福何愁得運遲。黃花秋老正當時。

試看金印佩來日。晚景榮華總讓她。

同文書庫·厦門文獻系列

第一輯

壹　王步蟾　小蘭雪堂詩集
貳　張茂椿　翁吉人　固哉叟詩集　寄傲山房詩鈔
叁　蘇大山　紅蘭館詩鈔
肆　沈琇瑩　寄傲山館詞稿　壺天吟
伍　林爾嘉　林菽莊先生詩稿
陸　李禧　夢梅花館詩鈔
柒　余謇　寶瓠齋襍稿（外三種）
捌　蘇警予　謝雲聲　甲子雜詩合刊　菲島雜詩　海外集
玖　羅丹　稚華詩稿
拾　徐原白　同聲集

第二輯

壹　謝祐　賦月山房尺牘
貳　黄瀚　禾山詩鈔
叁　邱煒萲　揮麈拾遺
肆　林爾嘉　李禧　頑石山房筆記　紫燕金魚室筆記
伍　蘇逸雲　臥雲樓筆記
陸　陳延謙　劉鐵菴　止園詩集　鐵菴詩存
柒　陳桂琛　陳丹初先生遺稿（外一種）
捌　賀仲禹　繡鐵盦叢集　繡鐵盦聯話
玖　蘇警予　二菴手札
拾　虞愚　虚白樓詩

同文書庫·廈門文獻系列

第三輯

壹　胡　鉉　椽筆樓初集
貳　吳錫璜　吳瑞甫家書（外一種）
叁　邱煒萲　菽園贅談
肆　蘇逸雲　臥雲樓雜著
伍　蘇警予　曠劫集
陸　黄伯遠　莊克昌　紅葉草堂筆記　感舊錄
柒　葉長青　松柏長青館詩
捌　海天吟社　鷺江梅社　海天吟社詩存　鷺江乙組梅社吟草
玖　林爾嘉　菽莊叢刻（外二種）
拾　陳桂琛　近代七言絶句初續集

第四輯

壹　吳葆年　吳兆荃　繪秋樓詩鈔　小梅詩存
貳　呂　澂　介石山房詩稿（外一種）
叁　邱煒萲　嘯虹生詩鈔
肆　李維修　寸寸集（外一種）
伍　沈覲格　拙廬談虎集
陸　江　煦　草堂別集　圭海集
柒　謝雲聲　靈簫閣謎話初集
捌　曾兆鼇　玉屏書院課藝
玖　林爾嘉　菽莊小蘭亭徵文錄　鷺江泛月賦選
拾　江　煦　鷺江名勝詩鈔

同文書庫·厦門文獻系列

第五輯

壹　黄家鼎　馬巷集

貳　邱煒萲　五百石洞天揮麈（上冊）

　　邱煒萲　五百石洞天揮麈（下冊）

叁　李烺焜　懷谿樓詩稿（外一種）

肆　楊紹丞　壬申重陽集　虎溪踏青集

伍　蘇玉如　劫後餘吟

　　陳佩真

陸　蘇警予　厦門指南

　　謝雲聲

柒　茅樂楠　新興的厦門（外一種）

捌　吳雅純　厦門大觀

玖　陳世鎔　陳化成抗英事略